Geschichten von Blumen und Kräutern

Ausgewählt und nacherzählt von Miriam Wiegele

EDITION GRÜNE ERDE IM NORKA VERLAG

Bildquellen:

Thinschmidt/Böswirth:
Seiten 11, 13, 20, 26, 45, 53, 59, 61, 63, 71, 74, 81, 85, 89, 95, 110, 113, 139, 141

Huspeka: Seite 15

Kummert: Seite 17, 31, 34, 36, 78, 102

Wiegele: Seiten 37, 64, 83, 132

Chmel: Seite 49

Wöber: Seiten 51, 93

Wechsberg: Seiten 129, 135

Wustinger: Seite 137

Herausgeber: NORKA Buch- u. Zeitungsverlag Ges.m.b.H.
Wienerstraße 106, 3400 Klosterneuburg, Tel: 02243/28518, Fax: 02243/25082
Medieninhaber und Verleger: NORKA Buch- und Zeitungsverlag Ges.m.b.H.
Autorin: Miriam Wiegele
Layout und Lithos: Farbsatz Ges.m.b.H., 1210 Wien, Leopoldauerplatz 69
Zeichnungen: Ulrich Chmel
Druck: Theiss Gmbh, Wolfsberg
ISBN 3-85050-075-6

Inhalt

In diesem Buch werden Hinweise zu naturheilkundlichen Anwendungen gegeben. Die Empfehlungen sind von der Autorin auf Grund wissenschaftlicher Untersuchungen und eigener Erfahrung mit größter Sorgfalt ausgewählt worden. Einen Arztbesuch können und wollen diese Ratschläge auf keinen Fall ersetzen. Es kann daher eine Haftung für Schäden durch unsachgemäße Anwendung von Heilpflanzen weder von der Autorin noch vom Verlag übernommen werden.

Vorwort

Was soll ein Märchenbuch über Pflanzen in einer Zeit, in der unsere Kinder mit Computerspielen beschäftigt sind und die einzigen Geschichten, die sie kennen, die Abenteuer von Comic-Figuren sind. Interessieren sich unsere Kinder überhaupt noch für Sagen, Mythen oder Märchen? Ich denke, ja, ich bin sogar davon überzeugt, dass die Zeit wieder reif ist für Geschichten, die so richtig ans Herz gehen können, für Geschichten, die uns zum Weinen bringen können und für Geschichten, die uns schmunzeln lassen.

Dieses Buch soll aber kein Kinderbuch sein, sondern ein Buch für Erwachsene, für Eltern und Großeltern, für Schwestern und Freunde, die das Lesen der Geschichten hoffentlich so anregt, dass sie diese weiterspinnen und erzählen können.

In meinem Leben spielten Märchen immer eine bedeutende Rolle. Als Kind, das gerne in Fantasiewelten eintauchte, waren sie für mich frühe Lebensbegleiter. Nie vergessen werde ich ein orientalisches Märchen. Ich weiß leider nicht mehr den genauen Wortlaut dieser Geschichte, aber es hatte etwas mit einer Prinzessin in Samarkand zu tun, die in einem Palast wohnte, der mit Lapislazuli verziert war. Samarkand wurde für mich als Kind zu einem Zauberwort, das mich in ein Traumland führte und der Lapislazuli ist heute noch immer mein Lieblingsstein.

Eine Auseinandersetzung der anderen Art mit Märchen wurde für mich, als ich begann, sie meinen Söhnen zu erzählen. Es wurde zum abendlichen Ritual, Geschichten zu erzählen. Wenn man ständig Märchen erzählt, beginnen sie zu leben und sich permanent zu verändern, ganz genau so, wie man sich selber ändert. Und so wurde die Hexe von Hänsel und Gretel irgendwann eine böse Ausbeuterin und ein andermal eine arme, alte, falsch verstandene weise Frau und Schamanin.

Als ich später Ethnologie studierte, war das natürlich auch eine Gelegenheit, in die Märchenwelt fremder Kulturen einzutauchen. Mein

Hauptinteresse galt aber eigentlich immer den heilenden Pflanzen. Beim Studium ihrer Inhaltsstoffe und ihrer Wirkungsweise fand ich in alten Kräuterbüchern auch immer wieder Märchen und Geschichten - wie die Pflanzen zu uns auf die Erde gekommen sind oder wie sie ihre Namen erhielten. Diese Geschichten wurden für mich oft Wegweiser, die Pflanzen besser verstehen zu können. Ein schönes Beispiel dafür ist die Geschichte der Wegwarte, die sehr eindrucksvoll erklärt, wie das Bachblütenmittel „Chicory" wirkt. Und diese Erzählungen ergriffen nicht nur mein Herz. Ich konnte immer wieder bei meinen Seminaren feststellen, wie begeistert meine Schüler zuhörten, wenn sie nicht nur über Chemie und klinische Erfahrungen unterrichtet wurden, sondern ihnen über diese Geschichten ein intuitiver Zugang zu den Pflanzen eröffnet werden konnte.

Ich begann gezielt nach Pflanzenmärchen zu suchen und sammelte alles, ob griechische Mythen, heimische Sagen oder alte Legenden. Ich fand Bücher, die längst vergriffen waren, mit Geschichten, die nicht vergessen werden sollten.

An dieser Stelle wird es Zeit, allen denen zu danken, die mir beim Sammeln der Pflanzenmärchen geholfen haben. Es waren immer wieder Teilnehmer meiner Seminare, die mir bereitwillig ihre Bücher zur Verfügung stellten. Besonders danken möchte ich an dieser Stelle Margit, einer Schülerin und nunmehr Freundin aus Graz, die mir mit einem Märchenbuch aus Lettland zu den schönsten Geschichten in diesem Buch verholfen hat und deren Freund Franz Peter Fischer die Geschichte der Fee Geran für mich ersann. Eine Sammlung von Pflanzenmärchen kann nie vollständig sein. So war es ein schönes Erlebnis, dass mir in der Endphase des Niederschreibens dieses Buches zwei Frauen begegneten, die eine der beiden Edith, eine Lehrerin, die Märchen in ihren Unterricht einfließen lässt und die andere Barbara, eine „Wandersagenerzählerin". Ich werde nie vergessen, wie sie auf einer Hochalm in Tirol bei meinem Seminar die Geschichte des Rosengartens erzählte und im Sonnenuntergang diese Rosen auf den Felswänden zu leuchten begannen. Beiden war es selbstverständlich, mir noch in letzter Minute ihre Geschichten zur Verfügung zu stellen. Und ein besonderer Dank gilt auch meiner Freundin Claudia, die ich bat, die Geschichten durchzulesen. Sie urgierte nicht nur, dass zu wenige der griechischen Pflanzensagen vorkämen, sie übersetzte mir auch gleich diese Geschichten von Ovid, so dass die Erzählungen von Philemon und Baucis oder von Pyramus und Thisbe so nahe wie möglich dem Original sind und in den Märchenbüchern, die sie ihrem Sohn Sid gekauft hatte, fanden sich auch noch Märchen wie die von der Melone.

Danken möchte ich auch meinem Sohn Florian, für den ich vermutlich nicht zufällig vor vielen Jahren einen Namen wählte, der mit Blumen zu tun hat und der mir beim Schreiben dieses Buches eine unverzichtbare Hilfe war. Meine Freundin Rose hat mit passendem Namen und einem hervorragenden Sprachgefühl das Manuskript durchgesehen und korrigiert. Auch meine Schwester Andrea hat noch letzte Korrekturen angebracht.

Ich hoffe, dass die Sammlung dieser Erzählungen vielen Menschen helfen möge, Nähe und Liebe zu all unseren Pflanzen zu finden und diese auch weiter zu vermitteln. Und ich wünsche mir, dass man beim Lesen dieser Geschichten fühlen kann, dass sie etwas von der besonderen Qualität der Zeit vermitteln mögen, in der dieses Manuskript beendet wurde, der Qualität wundervoll klarer und warmer, von Spätsommersonne erfüllter Tage, einer Zeit, die man auch Altweibersommer nennt. Aus chinesischer Sicht ist dies die Zeit der Wandlungsphase Erde, eine Zeit, die nicht mehr das Feuer des Hochsommers in sich trägt und die noch nicht so „metall"-scharf wie die des Herbstes ist. Märchen und ganz besonders Pflanzenmärchen sollen „erden". Sie sollen uns zu unseren Wurzeln zurückführen, sollen helfen, unseren Platz in dieser Schöpfung besser zu verstehen. Märchenerzählerinnen sind angeblich umso besser, je älter und je reifer sie sind. Da ist es hoffentlich auch von Vorteil für die Qualität der Geschichten dieses Buches, dass ihre Erzählerin in ihrem Lebenskreis in dieser Wandlungsphase Erde angelangt ist.

Weiden bei Rechnitz, März 2001

Das Schneeglöckchen

Vor langer Zeit lebte ein König in einer großen Burg mit seiner Königin. Er war schon alt und in der Burg war es im Winter immer recht kalt und feucht und so wurde er krank. Kurz nach Neujahr nahm er seine Krone vom Kopf und legte sich zu Bett. „Sicher ist er nur erkältet“, dachte die Königin. Aber dem König ging es von Woche zu Woche schlechter und der Leibarzt wiegte den Kopf hin und her und sagte zur Königin: „Ich fürchte, wenn der Frühling nicht bald kommt, wird unser König sterben müssen.“ Doch im Burghof lag noch eine dicke Schneedecke. „Ich muss den Frühling suchen gehen“, sagte sich die Königin. Sie nahm ihren Mantel um die Schultern und machte sich auf den Weg. Vor lauter Eile hatte sie aber vergessen, Schuhe anzuziehen und mit den Pantoffeln kam sie in dem tiefen Schnee nur langsam voran. Müde setzte sie sich auf einen umgefallenen Baum und dachte an ihren König, den sie so sehr liebte und mit dem sie schon so lange glücklich war. Dabei wurde sie so traurig, dass sie zu weinen begann und ihre Tränen flossen so reichlich, dass sie in den Schnee tropften.

Als sie sich wieder erhob, um weiter suchen zu gehen, sah sie, dass überall dort, wo die Tränen hingefallen waren, weiße Blümchen mit einem grünen Rand aus dem Schnee lugten. „Wie schön, da muss ja der Frühling schon nah sein, wenn die Blumen zu blühen beginnen“ und sie pflückte ein kleines Sträußchen, um es dem König zu bringen. „Schau, diese Schneeglöckchen läuten den Frühling ein, jetzt musst du wieder gesund werden“, sagte sie zu ihrem Mann.

„Schneeglöckchen“, rief der König entzückt, schloss die Augen und fiel in einen tiefen Schlaf. Als er erwachte, fühlte er sich gesund, setzte seine Krone wieder auf und lebte mit seiner Königin noch viele glückliche Jahre.

Das Schneeglöckchen ist wirklich einer der frühesten Frühlingsboten im Garten. Die meisten Schneeglöckchen duften auch. Dieser Duft ist sehr zart, damit er aber die Frühlingslüfte erfüllen kann, sollte man die Zwiebeln der Schneeglöckchchen immer zu mehreren an einem Platz zusammen setzen.

Der Krokus

Es war einmal ein Prinz, der sich mit prächtigen Geschenken auf den Weg zu seiner Braut machte. Da er aber ein gutes Herz hatte und seine Augen vor der Not, die er sah, nicht verschließen konnte, verschenkte er im Laufe seiner Reise all seine Kostbarkeiten an arme Menschen. Als er eines Tages nur noch sein Pferd und einen violetten Mantel besaß, verließen ihn seine begleitenden Ritter und er blieb alleine zurück. Er kam in ein Land, in dem er nach einem Krieg nur verbrannte Häuser und hungernde Menschen vorfand und trennte sich auch noch von seinen letzten Habseligkeiten, zuletzt sogar von seinem Mantel, den er einem frierenden Bettler gab. Da ihm aber nun selber kalt wurde, ging er zu einem Schafhirten und bot ihm an, seine Schafe zu hüten, wenn er dafür ein Fell zum Wärmen bekäme. Er blieb viele Jahre bei dem Hirten, denn ohne Geschenke wollte er nicht zu seiner Braut kommen.

Und die Jahre vergingen. Er fand nie die Möglichkeit, genug zu verdienen, um Geschenke zu kaufen. Das wenige, das er besaß, teilte er mit den Menschen, die zu ihm kamen und so wurde er alt und der Tod kam immer näher. Der Prinz bat den Hirten, ihn im Wald zu begraben. Als er starb, erfüllte der Hirte den Wunsch. Doch siehe da, als er am nächsten Tag noch einmal nach dem Grab schaute, war plötzlich ein Wunder geschehen: obwohl noch Schnee lag, waren plötzlich unzählige violette Blüten aus dem Nichts gewachsen. Der liebe Gott hatte dem Prinzen seinen violetten Mantel wiedergegeben.

In Griechenland werden auch heute noch Krokusse als Zeichen der Hoffnung und Unsterblichkeit auf Gräber gepflanzt. Hierzulande weckt bereits der Klang des Namens Erinnerung an Frühlingserwachen und den Duft aufgehender Erde, was hoffentlich auch diese ladinische Geschichte vermitteln kann.

Die Schlüsselblume oder der Himmelschlüssel

Bekannter weise ist das Himmelstor zugesperrt und Petrus, der Bewacher der Himmelspforte hat den Schlüssel ständig an seinem Gürtel hängen, damit er nicht verloren gehen kann. Das hat seinen Grund darin, dass ja keiner in den Himmel hinein kann, der dessen nicht würdig ist. Und vielleicht soll das verschlossene Himmelstor auch ein bisschen verhindern helfen, dass von oben keiner mehr runter kann. Denn da saßen einmal drei kleine Engel auf einer Wolke und bliesen Trübsal: „Immer nur lieb und brav sein, immer nur Harfe spielen und Schalmei blasen, ach, wie lustig war es doch auf der Erde. Da konnten wir Unfug und Schabernack treiben und jetzt......so langweilig. Das wäre doch schön, wenn wir wieder so einen kleinen Ausflug auf die Erde machen könnten. Aber leider, das Himmelstor ist ja immer zugesperrt und der Petrus hat den Schlüssel an seinem Gürtel." Einer von den drei Engeln war aber noch immer ein Lausbub und hatte eine glänzende Idee. Da der Petrus ja ziemlich taub war, wäre es doch möglich, sich an ihn heranzuschleichen, einen Wachsabdruck - Kerzen gibt es genug im Himmel - von dem Schlüssel zu machen und ihn nachzubauen. Gesagt, getan und sie stürmten, das Himmelstor aufzusperren. Vor lauter Vorfreude auf die Erde vergaßen sie, die Tür zuzumachen und Petrus bemerkte voller Schrecken das offene Himmelstor. Sofort befahl er der Heerschar der Erzengel, ihnen nachzufliegen und Schlüssel samt Ausreißer zurückzubringen. Als die kleinen Engel hörten, wie die Armada der Erzengel daherschwirrte, fiel ihnen aber vor lauter Schreck der Nachschlüssel aus der Hand und auf die Erde. Nun waren sie alle ratlos, wo sollten sie denn den Schlüssel suchen? Droben aber im Himmel, über den Wolken, saß der liebe Gott und er lächelte und in seiner Güte ließ er auf der Wiese, auf die der Schlüssel gefallen war, Blumen sprießen. Es waren leuchtende Blumen, die an einem langen Stängel erblühten und die an einen Schlüsselbart erinnerten. Da wussten die Erzengel, wo sie suchen mussten und sie brachten den Schlüssel samt den Engeln heil zurück in den Himmel. Und seither wachsen noch immer diese Blumen auf unseren Wiesen. Die Himmelschlüssel vermögen zwar nicht das Himmelstor zu öffnen, aber sie läuten uns den Frühling ein.

Der botanische Name der Schlüsselblume lautet Primula veris, das ist die Verkleinerungsform von „Primus", der Erste und bedeutet, dass sie wahrlich auch eine der Ersten des Frühlings ist. Sie ist aber auch eine bedeutende Heilpflanze. Aus den Wurzeln wird ein schleimlösender Hustenteee zubereitet. Die Blüten dagegen können als Heilmittel für die Seele empfohlen werden. Schon Hildegard von Bingen meinte, dass der „Hymelsloszel" helfen kann, Depressionen zu mildern. Vielleicht bringt die Schlüsselblume die Kraft des Frühlingslichtes gegen Finsternis in der Seele. Doch Achtung, nicht zu viel pflücken - die Schlüsselblume steht überall unter Naturschutz.

Die Schlehe

Früher einmal waren die Schlehenblüten winzig klein und hatten wenig Farbe, so dass man sie gar nicht erkennen konnte. Wie sie zu den schönen, weißen Blüten, die einem Spitzenschleier gleich den Strauch zieren, kamen, das erzählt die folgende Geschichte.

Am Karfreitag war einer der Soldaten von Pilatus ausgeschickt worden, um Dornen für die Marterkrone Christi zu holen. Er schnitt zuerst Zweige der wilden Rosen, doch am Rückweg kam er an einem Schlehenbusch vorbei, dessen starre spitze Seitentriebe ihm sofort auffielen. Er dachte, dass diese besonders schmerzhaft stechen müssten und nahm einige Zweige mit. So kam auch die Schlehe in die Dornenkrone des Heilands.

Dem Strauch tat das furchtbar leid und es war ihm eine rechte Pein, dass seine Stacheln dazu beigetragen hatten, dem Sohne Gottes Schmerzen zu bereiten. Die Schlehe war gerade am Aufblühen gewesen, als der Soldat den Zweig mitnahm. Das war dem Strauch jedes Jahr eine liebe und schöne Zeit gewesen, auch wenn nie jemand seine Blüten bewundert hatte. Doch nun hatte er jegliche Freude und Lebenskraft verloren und die Knospen blieben ungeöffnet.

Da geschah es, dass in einer warmen Frühlingsnacht der auferstandene Jesus des Weges kam und er blieb bei dem trauernden Schlehenbusch stehen. „Verzeih mir Herr, ich wollte wahrlich nicht, dass meine Stacheln dir in der Dornenkrone Weh bereiten. Miss mir bitte keine Schuld bei und gewähre mir deine Gnade“, wisperte die Schlehe. „Wie könnte ich dir die geringste Schuld geben, du liebe Schlehe. Sei ganz getrost! Und damit alle Menschen wissen, dass du keine Schuld an meinem Schmerz trägst, will ich deine Blüten das Zeichen deiner Unschuld tragen lassen. So werden dich alle Menschen, die das erkennen, schätzen und lieben.“

Seither ist der Schlehenstrauch im Frühjahr noch lange bevor seine Blätter erscheinen, über und über mit unschuldsweißen Blüten bedeckt und alle Menschen, die vorbeigehen, freuen sich über diese Frühjahrspracht.

Aus den Blüten einer Schlehenart wird für die Bachblütentherapie das Mittel „Cherry Plum“ hergestellt, das denen hilft, die unter großer Spannung stehen und Angst vor seelischen Kurzschlusshandlungen haben. Mit ihren leuchtend reinweißen Blüten übermittelt die Schlehe die Botschaft des Friedens und der Ruhe im Frühling nach den wilden Winterstürmen. Ihre Essenz gibt Gelassenheit in spannungsreichen Situationen.

Das Gänseblümchen

Es war einmal ein kleines Mädchen und weil seine Eltern so arm waren, musste es als Magd darauf achten, dass die Gänse am Abend vom Anger draußen wieder ins Dorf zurückgetrieben wurden, damit auch keine verloren ginge. Eines Tages stand die Gänsemagd ganz traurig am Bach und wusch ihr einziges Kleidchen, das vom vielen Waschen schon ganz dünn und ausgebleicht war. „Warum bist du so traurig", fragte Walli, die Lieblingsgans der kleinen Magd. „Ach, weißt du, am Sonntag ist Kirchtag und ich würde so gerne einmal zum Tanz gehen. Mit diesem Kleid kann ich mich aber nicht dorthin wagen, die würden mich doch alle auslachen und für ein neues Kleid haben meine Eltern kein Geld", klagte das Mädchen. Die Gans besah sich das alte Kleid, das die Magd zum Trocknen ins Gras gelegt hatte. „Da ist freilich guter Rat teuer, aber vielleicht fällt mir was ein", sagte Walli und zupfte mit ihrem Schnabel ein kleines weißes Blümchen ab, das am Bachrand blühte. Die kleine Magd setzte sich neben ihrem Kleid in die Wiese und weil die Sonne so warm leuchtete und sie so müde war, war sie bald über ihrem Kummer eingeschlafen. Walli aber rief alle anderen Gänse zusammen und sagte ihnen, dass sie dem Mädchen helfen müssten.

Als die Gänsemagd aufwachte, war ihr altes Kleidchen über und über mit den weißen Blümchen vom Bachrand bedeckt. „Das ist sehr lieb von euch, bis zum Kirchtag aber werden die Blumen verwelkt sein", sagte das Mädchen.

Doch als die Gänsemagd am Sonntag das Kleid anzog, waren die Blüten noch immer frisch und leuchteten. Alle Leute auf dem Kirchtag drehten sich nach ihr um, denn kein Mädchen hatte ein schöneres Kleid an als die Gänsemagd. Und seither nennt man auf der ganzen Welt die kleinen, weißen Blumen Gänseblümchen.

Noch heute zupfen kleine Mädchen, die schön sein wollen, die Blütenblätter des Gänseblümchens heraus, um Antwort auf eine wichtige Frage zu bekommen: „Er liebt mich, er liebt mich nicht, ..."

Das Gänseblümchen wird auch Maßliebchen genannt und oft ist der Blütenkranz nicht rein weiß, sondern hat rote Streifen in den Blütenblättern.

Wie das Maßliebchen entstand

Es war im späten Winter, als die Gottesmutter in ihrer Kammer saß und nähte. Das Jesuskind stand neben ihr und leistete ihr Gesellschaft. „Ach mein liebes Kind, es ist so kalt draußen. Hoffentlich kommt bald wieder die Zeit, wo du mir ein Blumensträußchen pflücken kannst", so plauderte die Mutter mit ihm. Das Kind schaute neugierig in das Körbchen mit den Stoffresten und auf einmal fand es ein Stück gelben Samtes. „Darf ich das haben, Mutter", sprach es, „dann will ich dir schöne Blumen machen, jetzt, wo es draußen keine gibt."

Die Gottesmutter ließ ihr Kind gewähren. Aus den Abfällen des weißen Linnens schnitt es kleine Streifchen und aus dem gelben Samt winzige runde Pölsterchen, die es in der Mitte der Linnensternchen festnähte. Diese Blümchen sahen wirklich reizend aus. Beim Annähen des letzten Linnenstreifens stach sich das Jesuskind in den Finger und ein dicker Blutstropfen entstand. Doch das Kind wollte die Blumen fertig machen und arbeitete weiter. Es achtete aber darauf, dass die weißen Sterne oben nicht vom Blut befleckt würden. Auf der Unterseite der Blümchen, dachte es, würde das Blut nicht so stören.

Als es ganz fertig war, breitete es alle Blumen auf dem Schoß seiner Mutter aus und diese war ganz entzückt vor Freude. „Es ist nur schade", sagte sie, „dass diese Blümchen nicht lebendig sind. Sie sind so schön und sollten draußen wachsen können." „Oh Mutter, die werden schon lebendig werden!", sagte der Kleine ernsthaft. „Ich will sie auf die Wiese setzen und dann sollen sie das ganze Jahr blühen, nicht nur ein paar Wochen, wie die anderen." Und wirklich pflanzte das Jesuskind sie in die Wiese und dort wachsen sie noch heute. Und wenn man genau nachschaut, findet man bei vielen Maßliebchen noch immer die roten Blutstreifen auf der Unterseite.

Maßliebchenblüten sind nicht nur eine hübsche Dekoration für Salate, sie helfen auch bei Hautproblemen wie sie vor allem junge Mädchen bekommen können und dienen überhaupt zur „Blutreinigung". Als homöopathische Mittel „Bellis perennis" wirken sie gegen die Folgen von Verletzungen wie eitrige Wunden oder blaue Flecken.

Die Narzisse

Nicht einmal Göttern gelingt es immer, ihre Kinder so zu erziehen, wie sie es sich wünschen und schon gar nicht den griechischen Göttern.

Als dem Flussgott Kephissos und der Nymphe Leiriope ein Sohn geboren wurde, dem sie den Namen Narkissos gaben, konnten sie sich nicht genug an dem prächtigen, gesunden Kinde erfreuen. „Mein Rotwänglein, mein Blankäuglein, mein Krausköpfchen“, rief Leiriope entzückt, wenn sie ihren Sohn anblickte. Kaum war Narkissos der Wiege entwachsen, da durfte sein Vater nur mehr über seinen Fluss herrschen, in seinem Hause war Narkissos, sein Sohn, der Herrscher. „Oh, was für ein schönes Kind, was für ein reizender Knabe! Dem wird das Herz keiner Jungfrau widerstehen“, so priesen die Nymphen, die jetzt oft bei Leiriope zu Gast weilten, den heranwachsenden Jüngling. „Und wie gut und klug er ist“, stimmte die glückliche Mutter in das Lob ein. Und alle erzählten von der Schönheit und Klugheit des Narkissos, sogar die Fische, bis die Kunde von ihm zur alten Medusa drang. Sie hatte einen hässlichen und dummen Sohn und wurde bei den Geschichten über Narkissos von einem solchen Zorn ergriffen, dass die Schlangen, die statt der Haare ihrem Haupt entsprossen, sich bäumten und zischelten. Und ihr Mund verzog sich und sie spie einen Fluch aus: „Mögen deine Schönheit und deine Klugheit dir zum Verderben gereichen. Zu deiner eigenen Schönheit sollst du in Liebe entbrennen und der Augenblick, in dem du dein Spiegelbild erblickst, wird dein Untergang sein.“

Die Fische erzählten Leiriope von dem Fluch und sofort ließ sie alle Spiegel zerschlagen und die Scherben in den Fluss werfen.

Da Narkissos von klein auf immer seine Schönheit und seinen klugen Kopf rühmen hörte, glaubte er wirklich, gut und edel zu sein, obwohl ihm das gar nicht immer gelang. Wenn die anderen Nymphenkinder von ihrem Essen etwas absparten und damit die Fische fütterten, warf er höchstens ein paar Brocken hin, gerade soviel, dass er nicht als geizig bezeichnet werden konnte.

Auch heute noch bezeichnet man rücksichtslose Eigenliebe als „Narzissmus“. In der islamischen Welt gilt die Narzisse aber als Symbol sehnsüchtiger, begehrender Liebe und der geraden, hohen Stängel der Narzisse wegen als Symbol eines aufrechten Mannes.

HMB
2000

Auch Göttersöhne wachsen heran und viele junge Nymphen bewunderten und umgarnten den schönen Jüngling. Narkissos prüfte und überlegte lange, bis er die Nymphe Echo für die schönste befand und sich mit ihr verlobte. Am Abend vor der Hochzeit bat Echo Narkissos von den Traubenkirschen, die am Flussufer wuchsen, Blüten zu pflücken, um daraus einen Brautkranz zu machen. Narkissos beugte die Zweige herunter, um die Blüten leichter pflücken zu können und dabei neigte er sich über den Fluss und erblickte sein Abbild. „Oh welche Schönheit“, rief er aus, verliebte sich in sein eigenes Spiegelbild und vergaß seine Braut Echo. Diese litt so sehr an ihrer verschmähten Liebe, dass die Götter sich ihrer erbarmten und sie in einen Felsen verwandelten. Und von dem kann man noch immer ihre mitleiderregenden Seufzer hören.

Narkissos aber war von dem Fluss nicht mehr wegzubewegen, um ständig den Anblick seiner Schönheit im Wasser widerspiegeln zu sehen, so sehr war er in sich selbst verliebt. Vergeblich versuchte seine Mutter ihn zur Rückkehr ins Wasserschloss zu überreden. Narkissos blieb am Ufer, spiegelte sich und sprach nur über seine Schönheit, bis er austrocknete und mit der Erde verschmolz. An der Stelle aber, wo er verschwunden war, wuchs eine zart duftende Blume, die so weiß erblühte, wie seine Wangen und mit Augen rot wie seine Lippen, die sich zum klaren Wasser hinunterneigte.

Die Tulpe

Ein holländischer Kaufmann war nach Istanbul gekommen, um kostbare Teppiche und Spezereien einzukaufen. Um das Wohlwollen des Sultans zu gewinnen, hatte er ihm eine entzückende Uhr mitgebracht, die klein und rund wie ein Hühnerei war. Staunend hielt der Sultan diese kleine, tickende Dose an sein Ohr. So etwas hatte er noch nie gesehen, kein Wunder, es war eine der ersten Taschenuhren, die der Kaufmann mitgebracht hatte. Weil er über dieses Geschenk so entzückt war, schenkte der Sultan dem Kaufmann zum Dank ein reich verziertes Kästchen und sagte: „Öffne es erst, wenn du zu Hause bist. Es enthält die schönsten Tulipane meines Reiches."

Der Kaufmann kehrte zurück nach Holland und gab das Kästchen seiner Frau. „Das ist ein Geschenk des Sultans. Es enthält Tulipane, aber ich weiß nicht, was das ist", sagte er. „Tulipane können nur Edelsteine sein", antwortete die Frau des Kaufmanns und öffnete eilig das Kästchen. Aber sie fand keine Edelsteine, sondern nur fünf vertrocknete Zwiebeln. „Der Sultan hat sich einen bösen Scherz mit dir erlaubt", klagte sie und warf die Zwiebeln in eine Ecke des Gartens. Doch siehe da, im nächsten Frühling wuchsen an dieser Stelle Blumen mit wunderschönen Kelchen und leuchtenden Farben. Die Nachbarinnen kamen und fragten, was das denn für Blumen seien, die man nie vorher in Holland gesehen hätte. „Ach, das ist was Besonderes, das sind Tulipane und mein Mann hat sie vom türkischen Sultan geschenkt bekommen", prahlte die Frau.

Jahr für Jahr vermehrten sich die Blumenzwiebeln in der Erde und immer mehr Leute kamen, die Blumen zu bewundern. Der Kaufmann, der ein geschickter Geschäftsmann war, erkannte, welchen Schatz er da in seinem Garten hatte und verkaufte von nun an jede Tulipanzwiebel für ein blankes Goldstück. So wurde er ein reicher Mann. Aber den Namen Tulipan konnten seine Landsleute nicht behalten: Talipane sagten einige, Tulapine viele andere. Und eine Nachbarin mit besonders schneller Zunge nannte sie Tulpen und so heißen sie noch immer.

Der Kirschbaum

Es war einmal ein Gärtner und der hatte einen Sohn namens Kirsch. Eines Tages saß Kirsch beim Tor und bewachte den Garten seines Vaters. Plötzlich stürmte der grimmige Nordwind daher. Als hasse er die ganze Welt, brach er die Zweige und knickte die Blumen. „Was tun, wie Vaters Garten schützen?“, dachte Kirsch und wusste keinen besseren Rat, als einen Stein zu ergreifen und nach dem Nordwind zu schleudern. „Du frecher Wicht“, brüllte der Nordwind und streckte seine eisige Pranke aus, um den kleinen Kirsch am Schopf zu packen. Welches Glück, Kirsch entdeckte ein Mauseloch und schlüpfte hinein. Der Nordwind heulte vor Wut auf und blies mit seinem kalten Atem so viel Erde auf das Loch, bis es zu war. „Jetzt kommst du nicht mehr raus“, stürmte der Nordwind davon.

Der Gärtner weinte und trauerte um seinen lieben Sohn. Mit seinen Tränen begoss er das Fleckchen im Garten, wo sein Sohn begraben lag, und siehe da - eines Tages keimte dort ein Pflänzchen. Es wuchs und wuchs und wurde zu einem Baum. Zur Erinnerung an seinen Sohn nannte ihn der Gärtner Kirschbaum und hegte und pflegte ihn. Die Spatzen aber pfiffen es vom Dach und in die Welt hinein, dass der Lieblingsbaum des Gärtners niemand anderer sei als sein Sohn Kirsch.

Die Niederländer in ihrem etwas eintönigen Land waren schon immer große Blumenliebhaber und sie sind auch heute noch die führende Nation im Handel mit Blumenzwiebeln. Übrigens heißt eine der schönsten Tulpen, die noch dazu gut duftet, „Prinz von Österreich“ und sollte wieder Platz in unseren Gärten finden.

Das erfuhr auch der Nordwind und er schwor, Kirsch auch in Form eines Baumes zu vernichten. „Wie sieht er denn aus“, fragte er die Krähen. „Grau, sein altes graues Röcklein trägt er“, antworteten sie ihm. Der Nordwind raste zum Garten. Doch die Meisen hatten gelauscht und zwitscherten dem Gärtner zu, er solle den Kirschbaum vor dem Nordwind retten. Da warf der Gärtner eine weiße Decke über das Bäumchen.

Der Nordwind tobte heran, doch er suchte vergebens nach einem grauen Bäumchen. Er stob davon, um sich die Krähen vorzunehmen. Bis die Krähen nun erkundeten, dass der Kirschbaum jetzt weiß sei, waren auch die Meisen nicht faul gewesen. Geschwind riss der Gärtner die weiße Decke von dem Bäumchen und hüllte es in ein grünes Tuch. Fauchend und heu-

lend brauste der Nordwind herbei - aber es war kein weißes Bäumchen zu sehen. Wutschnaubend wollte er den Krähen die Schnäbel zufrieren, doch die erzählten ihm, dass das Bäumchen nun grün sei. Indes hatte aber der Gärtner rote Knöpfe an den grünen Rock des Kirschbaumes genäht und so konnte ihn der Nordwind wieder nicht erkennen. Im Herbst warf der Gärtner ein gelbe Decke über den Baum, im Winter wieder eine graue und so rettete er ständig das Bäumchen.

„Ach du mein Herzenskind“, begrüßte der Gärtner im Frühling den Kirschbaum und aus Dankbarkeit und um seinem Vater Freude zu machen, verwandelte Kirsch die roten Knöpfchen in süße, herzförmige Früchte und diese reifen zur Freude aller Menschen noch immer jedes Jahr.

„Rote Kirschen ess' ich gern, schwarze noch viel lieber, junge Mädchen hab' ich gern, alte sind schon drüber“ und die „Kirschen aus Nachbars Garten“, die so viel besser schmecken, irgendwie hat die Kirsche mit heiterer Erotik zu tun. Der Kirschbaum erblüht im Frühling in strahlendem Weiß, der Farbe der Unschuld, aber schon wenige Wochen später präsentiert er leckere Früchte in der Farbe der Liebe.

Die Hyazinthe

Hyakinthos, ein griechischer Königssohn, war in tiefer Freundschaft mit Apollon, dem Gott der Sonne, der Medizin und der Musen verbunden und es schien, als ob nichts diese Liebe und Freundschaft trüben könnte. Apollon liebte die Schönheit. Jeden Morgen bestieg er einen Berggipfel, um die Sonne zu begrüßen und Hyakinthos ging stets mit ihm. Sie spazierten durch den Eichenhain, lauschten dem Harfenspiel des Aiolos und horchten den Dichtern zu, die ihnen Oden über Liebe und Freundschaft vortrugen. „Mein göttlicher Freund, ich danke dir für deine Liebe", sagte Hyakinthos Tag für Tag.

Eines Morgens weilten die beiden an einem Fluss und übten sich im Diskuswurf und lärmten dabei sehr. Plötzlich tauchte aus den Fluten eine Nymphe auf und mahnte die beiden, leiser zu sein, da ihr Vater schlafe. „Wer bist du, Schöne, und wer ist dein Vater?", fragte Apollon. „Mein Vater ist der Gott dieses Flusses und ich bin seine Tochter Daphne", antwortete die Nymphe. Auch Götter können sich auf den ersten Blick verlieben und so geschah es Apollon. Es überlief ihn heiß und kalt und er war sogar bereit, seine Freundschaft mit Hyakinthos zu beenden, nur um mit Daphne leben zu können. Aber er war der Sonnengott. „Du bist zu heiß - wie deine Sonne", rief die Nymphe und suchte Schutz in den Fluten des Wassers vor der feurigen Liebe Apollons. Und um seine Liebesglut abzukühlen, ersann sie eine List. Sie holte vom Flussgrund den Diskus, der Apollon im Wettstreit mit Hyakinthos entglitten war und warf ihn ans Ufer. „Wer von euch beiden dreimal den Diskus am weitesten wirft, dem schenke ich meine Liebe." Armer Hyakinthos, so sehr er sich bemühte, schlecht zu werfen, er übertraf Apollon, der vor Aufregung nicht fähig war, zu werfen. Als Hyakinthos ihn auch beim dritten Wurf übertraf, geriet Apollon so sehr in Wut, dass er Hyakinthos den Diskus an den Kopf schmetterte. Dieser brach tot zusammen und als seine Leiche weggetragen wurde, blieb eine Blutlache im Gras zurück.

Hyazinthen erfreuen uns mit ihrem Duft und vielen Farben im Frühling. Goethe konnte ihren Duft nicht leiden und dichtete: „Viele duftende Glocken, oh Hyazinthe bewegst du, aber die Glocken ziehen die Gerüche nicht an." Die Madame de Pompadour dagegen schätzte die Hyazinthen viel mehr und machte sie am französischen Hof modern. Seit damals ist es gebräuchlich, Hyazinthen für die Weihnachtszeit in Töpfen vorzeitig zum Blühen zu bringen.

Daphne war bestürzt, denn das hatte sie wirklich nicht gewollt. Als der Mond aufstieg, kamen Daphne und ihre Nymphenschwestern mit Kerzen an die Stätte des Unglücks, um Hyakinthos' Seele in die Ewigkeit zu geleiten. Sie trugen weiße und rote, blaue, rosa und gelbe Kerzen, entzündeten sie an den Strahlen des Mondes und steckten sie in die Erde, die mit Hyakinthos Blut getränkt war. Doch plötzlich stürzte Apollon auf Daphne zu und ein feuriger Hauch wehte ihm voran. „Hilf mir, Schicksalsgöttin", rief Daphne und diese verwandelte sie in einen Lorbeerbaum. Da Apollon jetzt Daphne nicht mehr erobern konnte, erwuchs wieder sein Zorn auf Hyakinthos und er löschte mit einer Handbewegung alle Kerzen aus. Nie wieder kam er an diesen Fluss zurück und so blieb ihm verborgen, dass die Kerzen als Blumen erblühten und statt der Flammen starken Duft verhauchten, die Hyazinthen.

Apollon aber erinnerte sich später wieder seiner Liebe zu Daphne und suchte die in einen Lorbeerbaum verwandelte Nymphe. Er fand sie, doch selbst die Zweige und Blätter des Baumes schreckten vor dem leidenschaftlichen Gott zurück. Da gelobte Apollon, dass Daphne als Lorbeerbaum für immer ihm geweiht sein und die immergrünen Blätter seine Stirn schmücken sollten. Seitdem ist der Lorbeer dem Gott der Künste zugeeignet und Sieger, Künstler und Dichter werden mit ihm geschmückt.

Der Vogelknöterich

In Österreich und in Süddeutschland ist diese Pflanze beim Volk noch immer als „Hansel am Weg“ bekannt. Wie diese Pflanze entstand, erzählt folgende Geschichte.

Vor langer Zeit lebte ein reicher Bauer. Er hatte eine einzige Tochter, die hieß Gretel. Der Knecht, der die meiste Arbeit für den Bauern erledigte, war Witwer und er hatte einen Sohn, den Hansel. Da Hansel und Gretel gleich alt waren, wuchsen sie miteinander auf und sie waren unzertrennlich und hatten sich recht lieb. Gretel half dem Hansel, die Kühe zu hüten und sie streiften den lieben langen Tag über die Felder und Wiesen. So lange sie klein waren, ließ sich Gretels Vater diesen bescheidenen Spielgefährten für seine Tochter gefallen.

Doch die Zeit verging und die beiden waren herangewachsen. Der Bauer begann, nach einem Bräutigam für seine Gretel Ausschau zu halten und er sollte auf jeden Fall ein Bauernsohn, möglichst ein reicher, sein. Da er fürchtete, dass die Gretel den Hansel allen möglichen Freiern vorziehen würde, verbot er den beiden, zusammen zu sein, ja sogar miteinander zu sprechen. Darüber grämten sich die zwei fast zu Tode und verzehrten sich in Sehnsucht zueinander. Gretel saß immerwährend am Fenster, um wenigstens einen Blick von Hansel zu erhaschen. Der stand dagegen am Weg vor der Knechtshütte und blickte ständig zum Bauernhaus rüber.

Da kam eines Abends eine Fee vorbei und fragte die Gretel, die wieder am Fenster saß, warum sie denn weine. „Ach, es ist so traurig. Mein Vater will, dass ich einen Bauernsohn heirate, doch ich liebe nur meinen Hansel und den kann ich nicht bekommen. Am liebsten wäre ich tot.“ Da erbarmte sich die Fee der beiden und verwandelte sie in Blumen. Die Gretel wurde die „Gretel im Busch“, die man auch „Jungfer im Grünen“ nennt und sie, die ja eine Bauerntochter gewesen war, wuchs fortan als Blume im Bauerngarten. Der Hansel, der aber nur der Sohn des Knechtes war, der immer getreten worden war, wurde zum „Hansel am Weg“ und er wächst

noch immer am Wegesrand und ist so unscheinbar, dass er auch jetzt noch von allen Menschen getreten wird. Die beiden sind aber nicht ganz voneinander getrennt, denn wenn ein Vogel sich ein Samenkorn vom Hansel holen kommt, flüstert er jedes Mal einen schönen Gruß an seine Gretel zu. Die schickt ihm dagegen mit den Bienen die Botschaft, dass sie ihn immer noch liebe. Und so bleiben sie sich treu bis in alle Ewigkeit.

Ganz ähnlich ist die Liebesgeschichte eines anderen Hänsel und einer anderen Gretel.

Das Lungenkraut

Vor langer Zeit lebten einst in einem Dorf zwei Familien, die seit jeher verfeindet waren und ständig im Streit miteinander lagen. Die Väter versuchten sich aus dem Weg zu gehen, aber wenn sich die Söhne der Familien begegneten, endete das immer mit schlimmen Raufereien. In einer der beiden Familien lebte eine wunderschöne Tochter namens Gretel, die war schon einem andern Burschen versprochen. Aber wie es das Schicksal so will, traf sie einmal bei einem Spaziergang im Wald den Hänsel, einen Sohn der verfeindeten Familie. Sie kamen ins Gespräch und fanden es schade, dass ihre Familien sich ständig bekämpften. Sie beschlossen, sich öfter zu treffen und eines Tages entdeckten sie, dass sie sich ineinander verliebt hatten. Es war ihnen aber klar, dass ihre Väter niemals einer Heirat zustimmen würden.

Die „Gretel im Busch" ist die Nigella damascena . Ihre Verwandte, die Nigella sativa ist als Schwarzkümmel populär geworden. Dessen Samenöl soll gegen Allergien und Atemwegserkrankungen bis zu Asthma hilfreich sein. Von beiden Arten werden die Samen aber im Vorderen Orient dazu verwendet, um Fladenbrot zu würzen.

So saßen sie unglücklich im Wald und seufzten und klagten, als plötzlich eine Fee auftauchte. „Warum seid ihr denn so traurig," fragte sie, als sie die beiden sah. Und sie erzählten der Fee von ihrem Jammer. Die Fee, der die beiden sehr leid taten, sagte zu ihnen: „Ich bin eine Blumenfee. Die einzige Hilfe, die ich euch anbieten kann, ist, euch in Blumen zu verwandeln. Dann könnt ihr immer nebeneinander wachsen." Lieber

Linke Seite: Das Lungenkraut (Pulmonaria officinalis) erhielt seinen Namen von Paracelsus, der die weißen Flecken auf den Blättern mit Lungengewebe assoziierte. Er hatte recht, denn der Tee aus dem Lungenkraut ist tatsächlich sehr wirkungsvoll gegen chronischen Bronchialkatarrh.

Pflanzen werden, als voneinander getrennt zu sein, beschlossen die beiden. „Liebe Fee, kannst du uns nicht zu einer einzigen Pflanze zusammenwachsen lassen?“, fragten sie. „Doch“, lachte da die Fee, „das wird sich schon machen lassen. Aber damit man sieht, dass ihr ein Pärchen seid, sollen eure Blüten in zwei Farben blühen - eine rosarote Blüte für die Gretel und eine blaue für den Hänsel.“

Und so entstand das Lungenkraut, das im Wald wächst und jedes Frühjahr rosa und blaue Blüten bildet und seither auch Hänsel und Gretel genannt wird. Und manchmal werden die rosa Blüten der Gretel, kaum geöffnet, bläulich angehaucht und dann schmunzelt die Fee beim Vorbeifliegen und sagt: „So auch muss die Liebe sich in Treue wandeln!“

Der „Hansel am Weg“ ist der Vogelknöterich (Polygonum aviculare) und tatsächlich sehr unscheinbar. Seine Inhaltsstoffe machen aber einen lungenstärkenden Tee aus ihm, den schon der Pfarrer Kneipp gegen seine Tuberkulose verwendet haben soll.

Das Vergissmeinnicht

Als die Menschen noch in Burgen lebten, waren sie immer glücklich, wenn der Frühling kam, denn die Winter in der Burg waren kalt und feucht. So warteten sie immer alle sehnsüchtig auf den Frühling, in dem nicht nur die Blumen zu sprießen, sondern allerorten auch die Liebe wieder zu blühen begann. An einem wunderschönen Frühlingsnachmittag ging ein Pärchen, das in heißer Liebe zu einander entbrannt war, am Ufer eines Flusses spazieren. Da erblickte die Maid auf der anderen Seite des Flusses am Waldrand Blümchen von zartblauer Farbe. Und weil diese so blau waren wie der Himmel und die Maid in einer himmelhochjauchzenden Stimmung war, bat sie ihren Geliebten, ihr doch ein Sträußchen dieser Blumen zu bringen. Das war nun nicht einfach, denn der Fluss war breit und an manchen Stellen tief. Der Ritter suchte eine Furt, wo er den Fluss leichter überqueren konnte und ging hinüber zum Waldesrand. Er pflückte die Blumen und eilte, sie seiner Angebetenen zu überreichen. Doch als er über die Furt zurück wollte, rutschte er aus, stürzte in das tiefe Wasser und wurde von einer großen Welle mitgerissen. Mit letzter Kraft warf er der geliebten Maid den Blumenstrauß zu und rief noch: „Vergiss mein nicht!“, bevor er in den Fluten ertrank.

Und so trägt diese Blume auch heute noch diesen Namen und ist ein Symbol der aufrichtigen Liebe und Treue geblieben.

Das klare Blau und die kleinen gelben Augen, die den Betrachter wie Sterne am Tageshimmel anschauen, rühren die Herzen bei allen Völkern auf gleiche Weise. Daher hat das Vergissmeinnicht rund um die Welt ähnliche Namen bekommen: „Forget-me-not“ (England), „Ne m'oubliez pas“ (Frankreich), „Förgetmigej“ (Schweden), „Nonti-scodar-di-me“ (Italien), „Wu Wang Cao = Nicht-Vergessen-Kraut (China) und „Wasurena gusa = Vergissmeinnicht auf japanisch.

Der Goldregen

Vor langer, langer Zeit wuchs auf einer kleinen Insel mitten im großen Meer ein kleiner Strauch. Er trug an den Spitzen seiner Äste schneeweiße Blütenkerzen. Auf dieser Insel wehte immer ein kalter Wind und der Strauch streckte seine Arme jeden Tag sehnsüchtig der Sonne entgegen und war selig, wenn ihn ihre Strahlen mit warmem Gold übergossen. Sein Verlangen nach der Sonne war so groß, dass er eines Tages beschloss, ganz hinauf zu wachsen, um ihr noch näher zu sein.

Als die Vögel das hörten, lachten sie den Strauch aus: „Das ist doch unmöglich!“ „Alles ist möglich“, dachte der kleine Strauch, „wenn man nur will.“

Und er senkte seine Wurzeln tief in den Boden und sog mit aller Kraft Nahrung aus der kargen Erde. Und dann begann er sich zu recken und zu strecken. Seine Sehnsucht nach der Sonne war so stark, dass er wuchs und wuchs. Er war längst ein Baum geworden, aber das reichte ihm nicht. Er wollte noch näher zur Sonne. Jahr um Jahr wuchs er und es wurde oft bitter schwer. Durch dichte, schwarze Wolken musste er sich durchkämpfen und oft peitschte ihn kalter Regen. Der Sturm war erbost, dass sich ein Baum in sein Reich wagte und er rüttelte ihn und wollte ihn brechen.

Als der Strauch über die Wolken kam, kam er in eine Region, in der eisige Stürme tobten. Fast wäre er erfroren und nur weil er von so heißer Sehnsucht nach der Sonne erfüllt war, schmolz der Eispanzer, der ihn bedeckte, immer wieder. Doch eines Morgens war die Eisschicht ganz dick und er fühlte, dass er bald sterben müsse. Doch nun geschah ein Wunder! Die Sonne war gerührt von soviel Liebe und sie neigte sich tief herab zu dem Strauch, der sie so liebte und sie küsste ihn mit all ihrer mütterlichen Wärme. Neues Leben durchglühte ihn und in seliger Freude streckte er seine Arme nach der Mutter Sonne und tauchte ein in ihr flüssiges Sonnengold.

Goldfarbene Blüten zieren den Goldregen noch immer, doch Vorsicht, für den Menschen sind alle seine Teile giftig.

Die Sonne hielt ihn lange in ihren Armen und zum Abschied küsste sie die kleinen, weißen Blütenkerzen behutsam mit ihrem goldenen Mund. Und siehe da, die Kerzchen, die in die Höhe geragt hatten, wurden schwer vom Gold der Sonne und sie hingen nun wie goldene Trauben von den Zweigen. „Nimm das als Andenken und als Geschenk von mir für deine Tapferkeit und Liebe. Von nun an sollst du meine Farbe tragen“, sagte Mutter Sonne. Stumm war da der Strauch vor lauter Glück, doch plötzlich begann er zu schwanken und die Kräfte verließen ihn. Als er wieder zur Besinnung kam, stand er wie vor Jahren auf der kleinen Insel, bisschen größer war er geworden und an seinen tief herabhängenden Zweigen leuchteten goldige Blüten. Die Sonne strahlte aus unendlicher Ferne auf ihn hernieder und alle Nachbarpflanzen sahen neidisch auf die leuchtenden Blüten, aus denen noch ein bisschen flüssiges Sonnengold tropfte. Es fiel in die Herzen vieler kleiner Blumen, die zu seinen Füßen wuchsen. Dem Löwenzahn und dem Bocksbart wurden die Blüten über und über mit Gold bedeckt. Für die Margeriten und Kamillen und auch noch die kleinen Gänseblümchen blieb gerade ein dicker Tropfen, so dass sie mitten in ihrem weißen Strahlenkranz einen Goldtupfen bekamen. Der letzte Tropfen rollte in den Lilienkelch und vergoldete darin die Staubgefäße. Und die Amsel, die gerade ihren Schnabel in eines der Blütenköpfchen getaucht hatte, bekam auf diese Weise auch etwas von dem Reichtum ab. „Goldregen wollen wir dich nennen“, sang sie, „denn es sieht aus, als ob von deinen Zweigen Gold regnen würde.“ Und Goldregen heißt der Strauch auch heute noch.

Warum die Schneerose eine Nieswurz wurde

Auf der Meeresinsel, auf der damals der Goldregen erstmals in voller Pracht erstrahlte, wuchsen zu dieser Zeit Pflanzen mit grünlichen Blüten, die man Schneerosen nannte, weil sie so ungeduldig waren, dass sie als die ersten auf der Insel zu blühen begannen. Sie waren wirklich unansehnlich und wünschten sich weiße Blütenröckchen, am liebsten silberweiße. Als der Goldregen von seiner Reise zur Mutter Sonne so reich beschenkt zurückkam und allen Pflanzen auf der Insel davon erzählte, da waren die Schneerosen ganz aufgeregt. „Wenn der Goldregen sich sein Gold von der Sonne holen konnte, dann sollten wir vielleicht versuchen, uns vom Mond ein bisschen Silber zu holen!“, tuschelten sie miteinander, „er ist ja der Erde näher - um so leichter muss er zu erreichen sein.“ „Ja, ja“, riefen alle begeistert, „wir werden zum Mond hinaufwachsen.“ Und weil der volle Mond in einer klaren Nacht gerade so wundervoll herab leuchtete, begannen sie, sich zu recken und zu strecken und aus Leibeskräften zu wachsen. Im Nu waren sie über die Dächer gewachsen und sogar höher als der Kirchturm. Der Wetterhahn auf seiner Spitze war fassungslos und rief ihnen zu: „Was fällt euch ein, bleibt doch brav unten, hier oben habt ihr nichts zu suchen.“

Aber die Blumen lachten nur über ihn und fühlten, wie innere Riesenkräfte sie dem Mond immer näher brachten. Als die Menschen am nächsten Morgen zur Frühmesse in die Kirche gingen, schrien sie vor Staunen und Schrecken auf. Rund um den Kirchturm ragten Säulen empor, so dick waren die Blumenstiele der Pflänzchen geworden und die Blüten, die waren schon oben in den Wolken drin.

Als die Nacht kam und der Mond wieder zu leuchten begann, reckten und streckten sich die Blumen immer weiter und weiter. Aber je höher sie gelangten, desto kälter wurde es da oben und die grünlichen Blüten wurden ganz weiß und bleich. Und jetzt mussten sie sich gar durch Sturm und Eis durchkämpfen. Aber über den Wolken lachte der Mond strahlend auf ihre Blütenköpfe herab und sie wurden wieder lustig. „Wir kommen dich besuchen, Herr Mond!“, rief die übermütigste von ihnen. Da lachte der Mond noch mehr und schickte ihnen seine Mondstrahlen entgegen, damit sie leichter zu ihm kommen könnten. Und schwups, war die übermütige Blume, die dem Mond zugerufen hatte, als erste über einen Strahl dicht vor sein Angesicht gelangt, „Na, Herr Mond, was sagst du zu uns? Gefallen wir dir?“

„So eine lustige Blumendamenschar war mich noch nie besuchen. Bekomm ich vielleicht auch ein Begrüßungsküsschen?“, lachte der alte Spitzbub. „Ein Küsschen in Ehren kann niemand verwehren“, und schon hatte der Mond einen Blumenkuss auf dem Mund. Dabei kitzelte ihn aber eines der Blütenblätter unter der Nase und plötzlich verzog er das Gesicht, drückte die Augen zu und das erste mal in seinem Leben nieste er. Es klang lauter als ein Donnerknall. Darüber erschraken aber die wagemutigen Blumendamen und sie sausten so schnell es ging, auf ihre Insel zurück. Sie zitterten wie Espenlaub und machten sich wieder ganz klein.

Der Wetterhahn vom Kirchturm krähte schadenfroh: „Ich habe es euch doch gleich gesagt, dass ihr hier oben nichts verloren habt.“ Und der Mond da oben, er lachte noch immer. Die Blumen waren schneebleich von dem großen Schreck. Aber auf ihren Blütenblättern glitzerte ein bisschen Mondsilber, das bei dem „Hatschi“ des Mondes in winzigen Tröpfchen auf die Blumen gesprüht war. Und so hatten sie doch das bekommen, was sie sich gewünscht hatten: silberweiße Blütenkleider. Aber weil sie den Mond zum Niesen gebracht hatten, waren sie jetzt echte Nieswurzen geworden und so sind ihre Wurzeln als Schnupftabak noch immer beliebt.

Warum sie auch Christrosen wurden, kann man in der letzten Geschichte dieses Buches lesen.

Die Christrose (Helleborus niger) nennt man im Alpenland noch immer Nieswurz, weil ihre gepulverte Wurzel gemeinsam mit der des Germer (Veratrum album) im „Schneeberger Schnupftabak“ auf Grund ihrer schleimhautreizenden Wirkung zum Niesen bringt.

Die Magnolie

Es war einmal ein japanisches Mädchen namens Keiko. Sie hatte keine Eltern und weil sie arm war, musste sie arbeiten. Doch was konnte so ein kleines Mädchen schon tun? Sie fertigte Papierblumen an und bot sie an den Straßenecken feil. Blumenverkäuferinnen gab es viele und gezahlt wurde für solche Blumen wenig. So konnte sich Keiko auch als erwachsenes Mädchen keinen Kimono leisten.

Eines Abends, als Keiko in ihrem Stübchen arbeitete, flog durch das geöffnete Fenster ein Papagei herein. Sein grünes Gefieder war stumpf und glanzlos, gewiss war er alt und weise und verstand die Menschensprache. „Soll ich dir verraten, wie du reich werden kannst?“, sagte er, „ich helfe dir, wenn du mich nicht fortjagst.“ „Lieber Papagei, warum sollte ich dich vertreiben?“ Keiko lächelte traurig, „ich bin doch froh, wenn jemand meine Einsamkeit mit mir teilt und Reichtum ist für mich so fern wie Mond und Sonne.“ „Ich will dir trotzdem was verraten“, sagte der Papagei, „ich lebte bei einer Herrin, die auch Papierblumen herstellte. Doch sie wusste von einer Zauberin, dass diese Blumen lebendig werden, wenn man ihre Stängel in einen Blutstropfen taucht. Und da lebendige Blumen viel teurer zu verkaufen sind, hat sie jede Blume in einen ihrer eigenen Blutstropfen getaucht. Da sie aber habgierig war und steinreich werden wollte, hat sie das solange getan, bis ihr letzter Blutstropfen dahin war. Leider hat sie auf meine Ratschläge nicht gehört und nur gemeint, dass ihr meine Papageienweisheiten bis zum Hals stehen.“ „Guter Vogel, bleib bei mir, sei mein Gast und auch mein Ratgeber“, bat Keiko.

Nachdem sie die ersten mit ihrem Blut belebten Blumen verkauft hatte, konnte sie sich sofort einen hübschen Kimono und Sandalen kaufen. Sie frisierte sich, steckte sich eine ihrer Blumen in die Haare und trat auf die Straße. Vor einem Fenster blieb sie stehen und sah verwundert auf ihr Spiegelbild, das eines eleganten, vornehmen Mädchens. Mit beschwingten Schritten folgte sie einem Strom junger Leute und gelangte zum erstenmal

In der chinesischen Medizin verwendet man Magnolienblüten als schmerzstillendes Mittel. Einigen Arten wird aber eher eine anregende Wirkung zugesprochen.

in ihrem Leben in einen hell erleuchteten Saal, wo junge Menschen lachten und tanzten. Ein junger Mann lud auch sie zum Tanz ein und sagte zu ihr: „Du bist so schön. Sag doch, in welchem Palast wohnst du? Du musst ein Mädchen von hohem Stande sein.“ Keiko wollte schon gestehen, dass sie arm sei. Aber sie hatte sich sofort verliebt in den jungen Mann und so dachte sie, es wäre besser, noch zu warten, bis sie ihm die Wahrheit erzählen könne. Sie trafen sich oft in den Gärten der Stadt und das Unvermeidliche geschah: sie gaben sich den ersten Kuss. „Oh Keiko, war das nicht unser Abschiedskuss? Dein vornehmer Vater wird wohl nie erlauben, dass du meine Frau wirst.“ Da brach Keiko in Tränen aus und gestand ihrem Studenten, dass sie nur ein einfaches Mädchen sei und Papierblumen verkaufe. Leider erzählte sie ihm auch über die Möglichkeit, mit den durch Blutstropfen belebten Blumen reich zu werden. Der Student war nun äußerst interessiert, bei ihr zu bleiben, denn Keikos Zauberkunst verhieß unermesslichen Reichtum. So begannen für Keiko äußerst arbeitsreiche Tage, denn er trieb sie ständig dazu an, neue Blumen zu machen.

Gleich nach der Hochzeit kauften sie ein Haus und Kleider und Porzellan und viele andere teure Sachen. „Keiko, das ist Leichtsinn! Verschwende nicht dein Blut“, warnte der Papagei. Keiko liebte aber ihren Studenten, der nun sein Studium aufgab, weil er viel zu sehr damit beschäftigt war, Keiko zum Arbeiten anzutreiben. Ein größeres Haus wollte er und wenn Keiko auf der Strasse stand, ihre Blumen zu verkaufen, ging er zu den Geishas. „Keiko, Keiko, denk an dein Blut“, warnte der Papagei ständig. Doch Keikos Ehemann wollte nun einen Palast und weil sie ihn ja doch liebte, wollte sie ihm ein Leben wie das eines Kaisers ermöglichen. Die Kunde von ihren Blumen drang über die Länder und Ozeane, sogar aus Frankreich kam ein Mann mit dem Namen Magnol, um bei ihr Blumen zu bestellen. Und Keiko fertigte noch mehr Blumen und sie spürte, dass sie immer schwächer wurde. „Keiko, hüte deinen letzten Blutstropfen“, schrie der Papagei. „Was schreist du so, du dummer alter Vogel“, brüllte ihr Mann und schleuderte ihn aus dem Fenster. „Eine Blume noch, ich zahle jeden Preis“, rief der Franzose Magnol und Keikos Ehemann rüttelte sie solange, bis sie diese Blume anfertigte. Sie drückte den letzten Tropfen ihres Blutes heraus und es entstand eine weiße Blume, deren Blütenränder rot angehaucht waren. Dann starb sie. Magnol brachte die Blume nach Frankreich und benannte sie nach sich - Magnolie. Von Keiko aber blieb nur dieses Märchen.

Magnolien wachsen nicht nur in Asien vom Himalaya bis Japan, sondern auch in Nordamerika. Die meisten von ihnen brauchen zum guten Gedeihen humosen, kalkfreien Boden.

Warum das Stiefmütterchen keinen Duft hat

In früheren Zeiten wuchs das Stiefmütterchen auf den Äckern im Schatten des Getreides. Keine andere Blume hatte einen so köstlichen Duft, selbst das Veilchen, das ja eine Schwester des Stiefmütterchens ist, konnte da nicht mithalten. Das Stiefmütterchen war daher die Lieblingsblume vieler Menschen und vor allem die Kinder wussten sich nichts Lieberes, als in die Felder zu marschieren und ein Sträußchen Stiefmütterchenblüten zu pflücken.

Wenn man Veilchen sucht, so findet man sie am Wegesrand und auch am Saum der Hecken, da verdirbt man nicht viel beim Pflücken. Wenn aber die Kinder ins Kornfeld gingen, um das Stiefmütterchen zu sammeln, da sah man hernach jeden Tritt. Die Halme des Getreides waren geknickt und die Körner aus den Ähren gefallen. Die Felder sahen bös aus. Das tat niemandem so leid, wie dem bescheidenen Blümchen selber, denn es gab sich die Schuld, dass die Menschen das Getreide niedertraten. Daher bat es eines Tages den lieben Gott: „Nimm mir doch den Duft, um dessentwillen die Saat zertreten wird. Ich kann meines Lebens nicht mehr froh werden, wenn ich schuld daran bin, dass die Menschen und das Vieh nicht genug zum Essen haben.“ Von soviel Bescheidenheit und Selbstaufopferung gerührt, nahm der liebe Gott tatsächlich dem Stiefmütterchen seinen Duft und die nunmehr unscheinbare Pflanze im Getreide fiel niemandem mehr auf.

Wie schön, dass heute, wo die Stiefmütterchen eine Zierde unserer Gärten geworden sind, der Duft manchmal wieder zurückgekommen ist. Nur bücken muss man sich, um ihn wahrzunehmen.

Den Namen „Stiefmütterchen“ hat der Botaniker Frisch 1741 dieser Pflanze gegeben. Er deutete den Aufbau der Blüte als eine ganze Familie. Die Stiefmutter sitzt auf zwei Stühlen (womit das untere Kronblatt gemeint ist, das auf zwei Kelchblättern sitzt), ihre eigenen Töchter (die seitlichen Kronblätter) dürfen auf je einem Stuhl Platz nehmen, während die beiden Stieftöchter (oben) sich mit einem einzigen Stuhl begnügen müssen. Das wilde Stiefmütterchen (Viola tricolor) ist eine Heilpflanze für fast alle Hautprobleme. Der Tee wirkt kühlend und entzündungshemmend bei Erkrankungen wie Neurodermitis, Akne und Ekzemen.

Das tränende Herz

Es war einmal ein kleines Mädchen und es lebte mit Vater und Mutter in einem einsamen Häuschen am Waldesrand. Sie waren arm, aber glücklich und zufrieden. Eines Tages brach wieder einmal Krieg aus und böse Männer verwüsteten das Land. Sie kamen auch zu dem Häuschen, töteten Vater, Mutter und das kleine schwarze Kätzchen, steckten das Haus in Brand und schleppten die einzige Kuh weg, um sie später zu schlachten. Das Mädchen blieb verschont, weil es im Wald Pilze gesucht hatte und die bösen Männer es daher nicht fanden. Als sie mit ihrem Korb voll Pilze und Beeren heimkam, lagen Vater und Mutter tot da und vom Haus waren nur mehr rauchende Trümmer geblieben. Sie hatte nichts mehr und als sie weinend in die Welt hinausging, hatte sie als einzigen Besitz nur mehr ihr reines, gutes Herz. Es war tapfer, dieses Herz und sie nahm es in beide Hände und trug es behutsam vor sich hin. Aber es tat so weh! Es hatte Vater und Mutter so lieb gehabt, nun gab es niemand mehr, dem es Liebe schenken konnte. Das Mädchen beschloss, dieses Herz, das so sehr schmerzte, zu verschenken.

Als es durch den Wald ging und die Vögel singen hörte, fragte das Mädchen, ob sie wohl ein Herz bräuchten. „Ja, ein Lebkuchenherz, das würden wir schon nehmen“, zwitscherte der Fink, „aber ein Menschenherz, damit können wir nichts anfangen.“ Und so antworteten auch die Rehe und Hasen, die Schlangen und die Mäuse. Ein Menschenherz wollte niemand.

Das Mädchen ging weiter und kam zu einem Dorf. Da saß ein Bettelkind weinend vor einem Haus, es war von seinem Dienstherrn verjagt worden. Aber auch dieses Kind wollte kein Herz, nur Schuhe, denn es hatte wunde Füße. Das Mädchen verschenkte seine guten Schuhe und wanderte weiter.

Es kam in eine Stadt und dort war ein Haus, in dem die vielen Kinder, die durch diesen Krieg ihre Eltern verloren hatten, bleiben konnten.

Auch wenn das Tränende Herz tatsächlich aus Japan stammt, ist es doch seit langer Zeit eine beliebte Pflanze in unseren Gärten und kaum eine andere Pflanze hat so viele Namen bekommen: Flammendes Herz, Blutendes Herz, Weinendes Herz, Brennendes Herz,... Voraussetzung für gutes Gedeihen ist ein humoser Boden, nicht zu wenig Feuchtigkeit und Halbschatten.

„Unter den Kindern, die hier sind, wird doch eines sein, das mein Herz will“, dachte das Mädchen. Aber die Kinder wollten nur Essen. In der Nacht weinte ein kleines Kind, dem die Mutter gestorben war. Das Mädchen ging hin, streichelte es und bot sein Herz an. Aber dieses Kind wollte nur ein Stückchen von dem Herz, nur soviel, um Mitleid in dieser verzagten Stunde zu erhalten.

Traurig ging das Mädchen weiter und fasste einen großen Entschluss - es wollte das Herz, das ihr so weh tat und das niemand haben wollte, vergraben. Und es fand einen Platz unter einem Hollerbusch hinter dem letzten Gartenzaun und dort begrub es sein armes Herz mit heißen Tränen. „Nun sollte ich nicht mehr traurig sein“, dachte das Mädchen und ging weiter. War es aber jetzt wirklich glücklicher? Nach außen hin schien es ihm gut zu gehen und als es zu einer Frau kam, die ihre Tochter verloren hatte, wurde es liebevoll aufgenommen. „Sie ist so kalt“, sagten die Nachbarkinder, „sie kann nicht lachen mit uns und sie kann auch nicht weinen.“ „Ja, es ist seltsam mit ihr, es scheint, als ob sie kein Herz hätte“, sagte die Pflegemutter nachdenklich. Und sie nahm das Mädchen beiseite und ließ sich alles erzählen. Dann sagte die Frau: „Du armes Mädchen! Aber ohne Herz kann man doch nicht leben. Wir wollen es suchen gehen.“ Und sie gingen das Herz suchen und hofften, die Stelle, wo es vergraben war, wiederzufinden. Und siehe da, als sie zu dem Hollerbusch kamen, wuchs davor eine nie gesehene Blume mit Blüten wie kleine rote Herzen und lauter Tränen dran.

Die Frau pflückte eine Blume und reichte sie dem Mädchen. Da war es ihm, als würde eine Tür aufspringen und es fühlte, wie es ihm warm ums Herz wurde - es hatte sein Herz wieder gewonnen.

Der Petersil oder die Petersilie

Einst hatte eine Mutter Zwillinge, einen Knaben und ein Mädchen. Das Mädchen hieß Silie und der Knabe Peter. Sie waren aber gar garstige Kinder und stritten und schlugen sich ständig. Was der eine hatte, wollte meist der andere zum Spielen haben und sogar beim Essen konnten sie sich nicht vertragen, weil immer einer der beiden meinte, der andere hätte die besseren Stücke bekommen. Darüber war ihre Mutter sehr traurig und verzweifelt, sie hatte ja nur diese beiden Kinder und sie liebte sie beide gleich, daher konnte sie nicht verstehen, warum es immer Zank zwischen den beiden gab. Sie war ratlos und wusste nicht mehr aus noch ein. Sie hatte aber einen Freund, der ein großer Zauberer war und den bat sie um Hilfe.

Als die Zwillinge eines Tages wieder ganz böse miteinander rauften, kam der Zauberer durch die Lüfte geflogen und drohte den beiden, sie zusammenwachsen zu lassen, wenn sie nicht lieb zueinander wären. Da wurde den beiden doch angst und bang und sie versprachen hoch und heilig, dass sie von nun an nie wieder streiten oder gar raufen würden. Die arme Mutter freute sich und dankte dem Zauberer, der wieder in sein Reich hinter den dunklen Wäldern zurückflog.

Lange Zeit waren sie wirklich brave Kinder und nicht nur lieb zu ihrer Mutter, sondern spielten einträchtig miteinander und teilten auch alles redlich, was sie bekamen. Doch eines Tages war es wieder so weit. Silie spielte friedlich auf der Wiese mit ihrer Puppe, als Peter mit einem Drachen daher gestürmt kam, den ihm die Mutter gebastelt hatte. „Mit Puppen spielen, das ist was für Mädchen. Wir Männer aber, wir erobern den Himmel!“, lachte er und stolperte über die Puppe, die dabei zerbrach. „Meine Puppe“, schrie Silie, „und Drachen steigen lassen kann ich auch.“ Sie griff nach der Schnur, aber weil keiner der beiden loslassen wollte, riss sie und der Drachen flog hinauf in den Himmel. Nun ging es los, Silie riss ihren Bruder an den Haaren, der warf sie auf den Boden und sie rauften

ganz fürchterlich. Die Mutter blickte entsetzt auf ihre wilden Kinder und plötzlich kam der Zauberer geflogen. Er nahm seinen Zauberstab, berührte beide damit und ließ sie zusammenwachsen, auf dass sie sich in alle Ewigkeit vertragen mussten.

Silie wurde zur Wurzel und der Peter zum Blattschopf - so entstand die Petersilie. Aber ganz hat das Streiten noch immer nicht aufgehört, denn manchmal ist die Silie stärker - diese Form nennt man die Wurzelpetersilie. Wenn aber der Peter stärker ist, dann wächst der Blattpetersil.

In früheren Zeiten erklärte man die Wirkung von Pflanzen mittels Symbolbegriffen, die aus der Astrologie stammen. Mars ist das aggressive Urprinzip und daher ist auch Eisen, das Material für Schwerter, diesem Prinzip zugeordnet. So ist es nicht verwunderlich, dass die Blätter des Petersil eine der besten pflanzlichen Eisenquellen sind.

Die Königskerze

Eine fromme Legende erzählt, wie diese Pflanze zu ihrem Namen kam.

Vor alter Zeit, als noch nicht alle Menschen an den Heiland glaubten, erkannte in England ein König im Christentum seinen wahren Glauben. Er wurde ein gerechter König und war ein wahrhaft frommer Mann. So entschloss er sich eines Tages, gemeinsam mit seinem kleinen Sohn eine Pilgerreise nach Rom zu machen, um den Segen vom Heiligen Vater zu bekommen.

Er schiffte über das Meer und vollendete dann unter tausend Beschwernissen, demütig und von allen unerkannt, wie ein armer Mann seine Wallfahrt zu Fuße. Nachdem er an den Gräbern der Apostelfürsten gebetet hatte und alle Herrlichkeiten der Ewigen Stadt bewundert hatte, wollte er unbedingt die Katakomben, die Ruhestätte so vieler Märtyrer, besuchen. Er wählte sich zum Führer durch die Totenstadt einen Mann, den er für einen frommen Christen hielt. Dieser war aber böse und habgierig und hatte schon öfter die Menschen, die sich seiner Führung anvertraut hatten, ausgeraubt. Ahnungslos stieg der König mit seinem Sohn in das Labyrinth von Grabkammern und Gängen hinunter und verrichtete seine Andacht zu Füßen der ersten Glaubensbekenner. Plötzlich löschte der treulose Führer seine Fackel, entriss dem König dessen Beutel mit seiner Habe und entfloh. Er kannte die Wege und wusste den Ausgang wohl zu finden.

Von plötzlicher Dunkelheit umfangen und unfähig, solche Bosheit zu fassen, rief der König zunächst nach ihm. Als er aber nur das verhallende Hohngelächter desselben zur Antwort bekam, da begriff er, dass er und sein Sohn, der sich laut weinend an ihn schmiegte, einem schlimmen Schicksal anheim gegeben waren, wenn nicht ein Wunder geschah. Inbrünstig flehte er zu Gott, doch wenigstens sein Kind vor einem so schrecklichen Tode zu bewahren. Und siehe da, plötzlich begann die Blume in der Hand des Kindes, das diese am Eingang der Katakomben gepflückt hatte und die es immer noch in der Hand hielt, zu leuchten. Ein sanftes Glühen und Leuchten umstrahlte wie mit Tageshelle das Totenreich und der König konnte nun den Weg zum Ausgang finden. Er dankte Gott für diese wundersame Rettung und seit jener Zeit wird diese gelbe Pflanze Königskerze genannt.

Die christliche Mythologie hat die Königskerze der Muttergottes unterstellt und als „Himmelsbrand" ist sie ein fixer Bestandteil des Kräuterbuschens, der zu Maria Himmelfahrt geweiht wird. Die Königskerzenblüten sind ein wirkungsvoller Hustentee. Aber auch „wer ein schwaches und trauriges Herz hat", empfiehlt Hildegard von Bingen, sollte den Tee trinken, damit er ihre Seelen zum Leuchten bringt.

Die Schwertlilie

Zu den Zeiten, als die Männer Streit und Zwistigkeiten noch mit dem Schwert austrugen, lebte auf einer Burg ein besonders streitbarer Ritter namens Kunibert. Er hatte alle Nachbarn besiegt und viele Menschen untertan gemacht. Niemand wagte es mehr, ihn anzugreifen. Dennoch war Kunibert sehr unzufrieden und regelrecht trübsinnig. Während seine Ritter und Knechte fröhlich feierten, saß er mit düsterer Miene vor seinem Bierkrug. Wenn ihn seine Ritter ansprachen, was denn los sei mit ihm, fuhr er sie an, sie mögen ihn in Ruhe lassen, denn er müsse nachdenken. Als gegen Mitternacht die Ausgelassenheit und Trunkenheit der Männer recht lautstark ihren Höhepunkt erreicht hatte, rief er ganz plötzlich mit lauter Stimme: „Jetzt hab ich's. Wenn es keiner mehr wagt, gegen uns zu kämpfen, müssen wir uns neue Gegner suchen. Ab morgen kämpfen wir gegen die Ochsen und Kühe." Die Männer grölten laut vor Begeisterung, doch den Mägden wurde angst und bang, als sie dies hörten. Wo sollten sie denn die Braten hernehmen, wenn die Männer mit ihren Schwertern die Ochsen und Kühe niedermetzeln würden! Sie weckten die Burgherrin und diese erkannte sofort den Ernst der Lage. Sie befahl ihren Mägden, alle Krüge mit Bier zu füllen und dies so lange, bis alle Männer einschließlich ihres Ehegemahls so betrunken seien, dass sie nicht mehr auf den Füßen stehen könnten. Es dauerte nicht lange, bis die meisten Männer unter den Tischen lagen und auch Kunibert war mit dem Kopf auf dem Tisch eingeschlafen. „Jetzt sammelt alle Schwerter ein und werft sie aus dem Fenster in den Burggraben", befahl die Burgherrin.

Als Kunibert und seine Männer am nächsten Morgen erwachten und nach ihren Waffen greifen wollten, waren die Schwertscheiden leer. Die Schwerter steckten im Burggraben und über Nacht waren aus ihnen blaue Lilien gewachsen mit langen, spitzen Blättern, die wie Schwerter aussahen. Zum Kämpfen waren diese Schwertlilien aber nicht mehr geeignet.

In der Aromatherapie nutzt man den veilchenähnlichen Duft einer Schwertlilienart (Iris florentina), um seelische Wunden zu heilen, Wunden, die sich vielleicht so anfühlen, als ob einem das Herz durchbohrt worden wäre. Der Duft hilft, versöhnlich zu stimmen und Harmonie mit sich selbst und seiner Umwelt zu schaffen.

Die Rose

Die Königin der Blumen war schon immer eine Pflanze, um die sich viele Legenden und Geschichten ranken.

Die griechische Mythologie erklärt die Entstehung der Rose folgendermaßen:

Kybele, die Muttergöttin, war eifersüchtig und böse auf Aphrodite, die Liebesgöttin, mit deren Schönheit sich kein anderes Wesen messen konnte. Um sich an ihr zu rächen, erschuf sie die Rose, die noch schöner war als Aphrodite. Es heißt aber auch, dass die Rose aus dem Lächeln des Liebesgottes Eros entstanden sei.

Die römische Mythologie erzählt, wie Bacchus, der Gott des Weines, eine schöne Nymphe verfolgte und sie mit Hilfe eines Dornbusches aufhielt. Die Nymphe errötete voller Anmut, als der Gott sich ihr zu erkennen gab. Daraufhin dankte Bacchus dem Dornbusch und durch eine Berührung seines Stabes brachte dieser Blüten hervor, deren Farbe der Wangenröte der Nymphe glichen. So wurde aus römischer Sicht die Rose geboren. Die Schönheit und der Duft der Blüten sind das Sinnbild der Liebe, die Dornen aber das der Wunden, welche die Liebe oft verursacht.

Eine rumänische Legende erzählt, dass einst eine wunderschöne Prinzessin in einem See badete und die Sonne plötzlich am Himmel stillstand, um die Prinzessin anzuschauen und mit heißen Küssen zu bedecken. Als Gott bemerkte, dass die Weltordnung dadurch in Gefahr geriet, verwandelte er die Prinzessin in eine Rose und befahl der Sonne, weiterzuziehen. Darum senken die Rosen ihr Köpfchen, wenn die Sonne untergeht.

Aus den Zeiten, als es die Rose schon gab, wird folgende schöne Geschichte erzählt:

Die Prinzessin Rose

Ein König, der ein großes Reich regierte, hatte keine Söhne, nur eine einzige Tochter. Diese war wunderschön und er liebte sie sehr. Der König schenkte ihr einen Garten, in dem alle Blumen blühten, die der Schönheit der Prinzessin gleichkamen.

Als die Prinzessin herangewachsen war, sandte der König seine Herolde aus, um einen Gemahl für seine Tochter zu suchen. Es dauerte nicht lange und da standen drei Prinzen vor seinem Thron, die alle die Prinzessin heiraten wollten. Alle drei waren von hohem Geblüt, klug und schön und schienen dem König gleich wert, später einmal König in seinem Reich zu werden. So wusste er sich keinen Rat, welchen er wählen solle. „Lass mich doch selber entscheiden," bat die Prinzessin den Vater. „Ich werde denjenigen heiraten, der in meinem Garten die Blume findet, die mir am liebsten ist und mir auch am ähnlichsten ist." Der König war sofort einverstanden.

Der erste Prinz, der sich in die veilchenblauen Augen der Prinzessin verliebt hatte, pflückte ein Veilchen. Dem zweiten Prinzen gefielen die langen blonden Locken so sehr, dass er einen Zweig mit blühendem Goldregen brachte. Der dritte Prinz aber kam mit einer roten Rose, kniete vor der Prinzessin nieder und sagte: „Nur die Königin der Blumen, die Rose gleicht Euch und ist Euer würdig, Prinzessin!" Diese errötete anmutig und während sie dem Prinzen zum Zeichen ihres Einverständnisses die Hand reichte, kam ein Windstoß daher. Ihr rosenrotes Kleid bauschte sich und der ganze Hof sah, dass die Prinzessin tatsächlich von allen Blumen der Rose am meisten glich.

Dass Rosenblüten duften, ist wohl jedem bekannt. Diese können nur so lange duften, wie sie blühen. Es gibt aber eine Rose, die vom Frühling bis zum Herbst duftet, nämlich die Zaunrose (Rosa rubiginosa), die auch Weinrose genannt wird. Wie dieser Strauch entstanden ist, erzählt folgende Legende.

Der Zaunrosenstrauch

Als Josef mit Maria und dem Kind auf der Flucht nach Ägypten war, entbehrten sie vieles. Oft konnten sie nicht kochen, weil sie kein Holz finden konnten und mussten mit ein paar Früchten vorlieb nehmen. Nachts hatten sie nie ein Bett zum Schlafen und mussten oft auf der bloßen Erde liegen. Nur wenn es gut ging, konnte Josef eine kleine Laubhütte bauen,

Rosenöl wird hauptsächlich aus den Blüten der bulgarischen Ölrose (Rosa damascena ‚Trigintipetala') gewonnen. Es ist zwar eines der teuersten ätherischen Öle, aber es gehört zu den kostbarsten Grundstoffen der Kosmetik. Rosenöl hat eine harmonisierende Wirkung auf die Haut und hilft daher als Schönheitsmittel ebenso bei ganz junger wie auch bei alternder Haut. liche Äpfel

die sie in der Nacht schützte. Und an Hausrat mangelte es ohnehin und Maria musste sehen, wie sie sich helfen konnte. Als sie einmal unterwegs die Windeln und Hemdchen des Jesuskindes gewaschen hatte, war keine Stange, kein Seil zur Hand, um die Wäsche daran zu trocknen. Aber in dem Dornengestrüpp, das ihnen Zuflucht für die Nacht gab, war auch ein Heckenrosenbusch. An die noch kahlen Zweige hängte Maria die Windeln ihres lieben Kindes, bis sie trocken waren. Als sie am nächsten Morgen, bevor sie weiterzogen, den Strauch noch einmal ansah, war er in der Nacht ergrünt und die Blätter dufteten ganz lieblich. Jener Strauch hat sich erhalten und wenn man lang genug sucht, findet man ihn auch heute noch. Die Gärtner nennen ihn Weinrose und seine Blätter erinnern uns das ganze Jahr mit jedem Windhauch an herrliche Äpfel.

Die folgende Sage aus Südtirol ist die Urfassung der Geschichte von König Laurins Rosengarten.

Der Turm des Gedenkens

Wenn man vom Süden durch das breite Tal der Etsch hinaufgeht, baut sich plötzlich ein Gebirge auf wie eine Wand, Felstürme und Zinnen in unvorstellbarer Formschönheit, Felsen, die wie Drachenzähne in den Himmel ragen. Rosengarten wird dieses Gebirge genannt.

In uralter Zeit herrschte hier im Gebirge ein mächtiger König über das Volk der Salwans. Das waren Leute von kleinem Wuchs und dunkler Hautfarbe. Sie fanden das Gold und Silber im Berg und waren geschickte Schmiede. Sie horteten ihre Schätze und ihr Reichtum erweckte den Neid und die Gier anderer Völker. Es kam, wie es immer kommt, bald tobten Kämpfe um den Besitz in dem Land und der König verlor in einer Schlacht sein Leben und mit ihm viele seiner kleinen, tapferen Recken. Die Königin flüchtete mit ihrem Söhnchen hinauf in die steilen, zackigen Wände gleich oberhalb der Burg.

Auf dem Schlachtfeld wuchsen über all dem Blut rote Blumen, Mohn und Rosen. Nur ein einziger Knappe hatte die Schlacht überlebt und die Königin schickte ihn um eine Blume von der Walstatt als Erinnerung an ihren Gemahl. Aber er brachte keine Blume, sondern das Schwert des toten Königs. Entsetzt warf es die Königin in eine tiefe Höhle und eine giftige, schwarze Natter setzte sich als Wächterin davor. Nie wieder wollte die Königin Waffen sehen.

Die Jahre gingen dahin und aus dem Söhnchen wurde ein junger Mann. Und es kam, wie es immer kommt, bei einer Gämsenjagd fand er das Schwert seines Vaters. Als er damit heimkam, war die Mutter unglücklich, aber sie konnte nun nicht mehr verhindern, dass er hinauszog in die Welt. Sie bat ihn nur, das Schwert niemals zu ziehen, wenn er nicht angegriffen würde und riet ihm, eine Braut suchen zu gehen, aber nur eine solche, die einen großen Schatz besitze. „Was soll das sein?", fragte der Sohn. „Lass dir Zeit, du wirst es herausfinden", antwortete ihm die Mutter und ließ ihn schweren Herzens ziehen.

Der Prinz wanderte kreuz und quer durch die Welt und kämpfte auch für Könige, die übers Meer fuhren. Er vergaß das Land im Gebirge, er vergaß seine Mutter. Doch eines Tages fand er in dem Topf einer alten Frau eine Adlerfeder und sofort tauchten vor seinen Augen die Berge seiner Heimat auf und auch das Bild seiner Mutter. Noch am selben Tag machte sich der Prinz der Salwans auf den Weg zu ihr, doch er wollte nicht ohne Braut zu seiner Mutter kommen. Auf dem Weg nordwärts, als sich die Berge am Horizont zu erheben begannen, erfuhr der Prinz von einem Turm in einem Rosenhain, den man den Turm des Gedenkens nannte. Diesen Turm hütete eine über alle Maßen schöne Jungfrau. Niemand konnte ihm sagen, wie er dorthin komme. So ritt er immer weiter und eines Tages versperrte ihm eine schwarze Schlange den Weg und hob züngelnd den Kopf. Schon wollte der Prinz sein Schwert ziehen, um sie in Stücke zu schlagen, als er sich erinnerte, dass er dieses nie verwenden solle, wenn er nicht angegriffen würde. Er ritt weiter und bald darauf sah er ein Mädchen mit einem dunklen Schleier, das er nach dem Turm des Gedenkens fragte.

Ohne sich umzudrehen, fragte sie ihn, ob er eine schwarze Schlange gesehen hätte. „Oh, ja, ein seltsames Tier", antwortete er und das Mädchen wollte wissen, ob sie noch lebe. „Aber sicher, ich habe sie leben lassen", entgegnete der Prinz. „Wohlan, dann will ich dir den Weg zum Turm des Gedenkens zeigen", sprach das Mädchen.

Hinter einer Hügelkuppe sah er plötzlich ein seltsames Gebäude. Die Sonne versank gerade mit einem letzten Leuchten hinter den Bergen und da war etwas, was aus Licht und Luft zu sein schien, durchsichtig, aber doch wieder aus glänzenden Steinen bestehend. Rings um den Turm duftete ein wundervoller Rosenhain. Die Rosen wuchsen auch an dem Turm hinauf und als der Prinz davor stand, erkannte er, dass er überhaupt nur aus Rosenranken gebaut war. Das Mädchen führte den Prinz in den Turm hinein, der aus wundersam tanzender Luft zu bestehen schien und in der Mitte war ein Gefäß aus Rosenquarz, gefüllt mit klarem Bergwasser und mitten drinnen schwamm eine einzelne Rose. Den Prinzen schwindelte vor so viel Schönheit und auch der Duft dieser Rose war so betäubend, dass er meinte zu träumen, als das Mädchen zu erzählen begann.

Sie erzählte von der Zeit, als die Menschen in diesem Lande eins mit sich und der Schöpfung waren und alle Probleme in Güte und Frieden regelten. Doch auch hier begann es mit Neid und Geiz und endete mit Krieg und Totschlag. Die Königin dieses Landes sammelte die überlebenden Frauen und Kinder und ging mit ihnen auf den Gipfel eines Berges. Dort herrschte Frieden und rundum blühten die Rosen. Als aber auch hier Krieg und Zwist drohten, versammelten sich die Mütter in einer heiligen Höhle und jede brachte eine Rosenranke mit. Sie flochten die Rosen zusammen mit der Kraft ihrer Herzen und so entstand der Turm, den sie zur Erinnerung an die Liebe den Turm des Gedenkens nannten. Doch die Zeiten der Liebe sind längst vorbei und weil keiner mehr die Erinnerung an die Schönheit des Friedens und der Liebe bewahrt hat, gab es auch den Turm nicht mehr.

Der Prinz schaute sich um und nun begriff er, er hatte nur die Erinnerung des Mädchens gesehen. Er sah nichts mehr außer Felsen, nur

die Rose in der Quelle, die war lebendig. „Dies ist mein einziger Besitz“, sagte das Mädchen. Und da erinnerte sich der Prinz, dass seine Mutter ihm geraten hatte, eine Frau zu finden, die etwas Besonderes besaß und er bat das Mädchen, seine Frau zu werden. So machten sie sich auf den Weg zur Mutter des Prinzen.

Als sie zu seinen heimatlichen Bergen kamen, standen da zwei Zwerge. Sie beglückwünschten das Brautpaar und baten um eine Segensgabe. Doch das einzige, was das Mädchen besaß, war die Rose. Ohne zu zögern, reichte sie einem der Zwerge die Rose: „Such einen Platz an der höchsten Stelle des Berges und pflanze sie dort ein, du wirst sehen, sie wird Wurzeln schlagen und blühen.“

Die Rose ist das Symbol der Vollkommenheit und der Harmonie. Als Blume, die der Venus zugeordnet ist, regiert sie das Herz und wirkt von dort harmonisierend auf den ganzen Körper. Der Rosenduft hat eine tiefe seelische Wirkung, er gleicht alles aus, was aus dem Lot geraten ist. Er spendet Trost und Kummer, löst seelische Schmerzen und öffnet das Herz für Liebe, Freundlichkeit und Mitgefühl. Rosenduft könnte tatsächlich Frieden in unsere Herzen und damit in unsere Welt bringen.

Auf der weiten Hochfläche, die den Bergstock mit einem Blütenteppich bedeckt, fanden sie die alte Königin. Sie küsste den Sohn und segnete die Braut. „Und was ist ihr Besitz?“ Der Prinz zögerte und sagte, dass sie ihren einzigen Besitz verschenkt habe. Doch die Braut war nicht verlegen und sprach: „Ich besitze das Gedenken.“ „Du besitzt also die Enrosadüra, die Erinnerung an die versunkene Zeit, als es keinen Hass und Streit und keinen Totschlag gab. Du bist die Richtige“, sagte die Königin und es wurde Hochzeit gehalten.

Der Rosenstock aber begann zu wachsen und nach einigen Jahren war der ganze Berg mit Rosen bedeckt. Die Zwerge wählten den Prinzen zu ihrem König und nannten ihn „König des Rosenreiches“. Lange Zeit blieb dieses Rosenreich ein Reich des Friedens. Aber es kam, wie es immer kommt und das Rosenreich wurde von habgierigen Menschen, die hinter dem Gold der Zwerge her waren, erobert. Es starrte nun von Speeren und Lanzen und Schwertern, nur die Rosen blühten weiter und ihr Duft hielt die Erinnerung an die Zeit des Friedens wach, bis auch diese verschwand. Der Rosengarten kristallisierte und die Vergangenheit prägte sich ein in die Felsen und Grate. Und nur die Enrosadüra, das große Sehnen nach Frieden und Liebe ergreift die Menschen noch immer, wenn die Felswände rosenfarbig glühen, während die Sonne sinkt.

Päonie

Das Mädchen Päonie wollte heiraten und ihr Vaterhaus verlassen, als ihre Mutter starb und ihr die jüngeren Geschwister zur Fürsorge anempfahl. Was sollte Päonie tun? Sie wäre so gerne zu Go- Fan, ihrem Verlobten gezogen, aber das Versprechen, das sie der Mutter gegeben hatte, hielt sie zurück und sie hoffte, dass ihr Go- Fan das verstehen würde. „Warte doch nur, bis deine nächste Schwester alt genug ist, dann kann sie auf die Kinder schauen“, sagte der Vater. Doch als die Schwester herangewachsen war, verliebte sie sich in einen Burschen und wollte ihn auf der Stelle heiraten und zu ihm ziehen. Sie bat Päonie, sie gehen zu lassen und diese war mit ihrem guten Herzen einverstanden, die eigene Hochzeit wieder zu verschieben. Go- Fan, der seine Päonie herzlich liebte, akzeptierte dies, doch seine Eltern wiesen ihn vom Hof, weil sie eine Schwiegertochter brauchten, die ihnen bei der Arbeit helfen solle.

So zog Go- Fan in die Welt hinaus und Päonie sorgte für ihre Geschwister. Eine Brieftaube kam zu ihr geflogen, um anzufragen, ob Go-Fan nun zum Heiraten kommen könne. „Ich danke dir, mein Lieber, dass du mich nicht vergessen hast, aber ich muss noch ausharren, bis auch meine jüngsten Geschwister aus dem Haus sind“, schickte ihm Päonie als Antwort zurück. Immer wieder baten der Vater und die Geschwister Päonie, noch ein bisschen zu bleiben und immer wieder musste Päonie über die Brieftaube ihren Go- Fan vertrösten. „Nun fahre ich übers Meer, mein Glück zu suchen“, schrieb Go- Fan, „was soll ich dir als Brautgeschenk mitbringen?“ „Bring mir eine Blume mit für den Garten, in dem wir gemeinsam leben werden“, antwortete Päonie. Die Zeit eilte dahin und immer wieder, wenn Go- Fan anfragte, ob er zum Heiraten kommen solle, bekam er als Antwort, dass da noch immer Geschwister seien, für die sie sorgen müsse. Und dann starb ihre erste Schwester und hinterließ drei Kinder. Wie konnte Päonie abschlagen, auch diese Kinder zu betreuen, bis der Schwager wieder heiraten würde und die Kinder dadurch eine neue

In China symbolisieren die Päonien ein in Liebe erfülltes Frauenleben, ein Liebespfand, aber auch Reichtum und die Sanftmut Buddhas. In der chinesischen Medizin verwendet man sie bei Wunden und Kopfschmerzen. Päonien sind aber auch in Europa heimisch, wir nennen sie Pfingstrosen. Apollo soll mit ihren Wurzeln die Wunden der Krieger im Kampf um Troja geheilt haben. Die Griechen betrachteten die Pfingstrose als heilige Pflanze, die böse Geister abhalten kann. In diesem Sinne wurde die schwach giftige Pflanze auch in der Volksheilkunde gegen Alpträume und Ängste eingesetzt.

Mutter bekämen. Aber die neue Frau wollte nichts von diesen Kindern wissen und Päonie schrieb ihrem Go- Fan, dass sie nun auch diese armen Kinder groß ziehen müsse. Zählte sie noch die Jahre, die so dahin eilten?

Päonie war alt geworden, die Arbeit hatte ihren Rücken gekrümmt und die Sehnsucht ihr Haar gebleicht. Endlich waren alle Kinder aus dem Hause und sie lebte allein in der Hütte. Morgen für Morgen wartete sie auf die Taube und als sie endlich kam, schrieb sie in zittriger Schrift: „Ich warte, mein Liebster." Die Taube flog davon und die alte Päonie rüstete sich zur Hochzeit. Sie setzte sich einen Blumenkranz auf, zog ihr Brautkleid an und wartete vor dem Haustor Tag für Tag auf ihren Liebsten. Da wurde sie viel belacht: „Seht mal, die Alte, die will noch heiraten!" Aber der, auf den sie wartete, kam nicht. Ein anderer kam, der Tod und Päonie versuchte, ihm noch ein bisschen Zeit zum Warten abzugewinnen. Doch der Tod lässt sich nicht bestechen und Päonie starb.

All ihre Geschwister und Kinder, die sie großgezogen hatte, hatten vergessen auf sie, seit sie Päonie nicht mehr brauchten und so mussten Freunde sie in das Grab betten. Doch bald darauf kam ein Mann auf den Friedhof geeilt, den man hier noch nie gesehen hatte. „Meine Päonie, ich bin über die Meere hierher geeilt und doch zu spät gekommen. So bleibt mir nur, eine Blume, die deinen Namen tragen soll und deren Duft so bittersüß ist wie unsere Liebe, auf dein Grab zu pflanzen", sagte der Fremde, der niemand anderer als Go- Fan war.

Als Päonies Verwandte erfuhren, dass auf ihrem Grab eine wunderschöne, noch nie gesehene Blume erblüht war, kamen sie spornstreichs auf den Friedhof und jeder nahm ein Stück von der Wurzel mit, um sie im eigenen Garten zu pflanzen. „Ja, ja, die liebe alte Päonie", sagten sie.

Die Balsamine

Die einzige Freude und der ganze Stolz einer alten Bauernfrau war ihre Tochter Rosa. Sie war ja auch lieblich anzusehen, fleißig, heiter und beredt. Frühmorgens ging sie an die Arbeit auf den Feldern und abends kehrte sie singend heim und half der Mutter noch im Haushalt.

Sie liebte Blumen über alles und ihr Blumengarten war etwas ganz besonderes. Sogar der Schlossgärtner kam immer wieder und bestaunte Rosas Blumenpracht. Obwohl sein Schlossherr oft Samen fremdländischer Pflanzen von seinen Reisen mitbrachte, solche wie sie in ihrem Garten pflegte, kannte er nicht.

Was war nun das Geheimnis von Rosas Blumengarten? „Die Vöglein bringen mir die Samen aus fremden Ländern“, lachte Rosa auf die Frage des Gärtners. Gutherzig wie sie war, fütterte Rosa die Lerchen und Stare im Frühling, wenn sie zu früh aus dem Süden kamen und noch kalte Zeiten vorfanden. Sie brachte sie in ihre Stube und wärmte sie, bis sie wieder hinausfliegen konnten. Wenn die Vögel sie fragten, wie sie ihr das vergelten könnten, sagte Rosa: „Bringt mir Blumensamen aus fremden Ländern.“ Und so brachten sie ihr jedes Frühjahr Samen aus jenen fernen Ländern, in denen sie im Winter Zuflucht gefunden hatten. Rosa war aber auch mit ihren Blumen freigebig und schenkte den Frauen und Mädchen aus dem Dorf gerne ein Samenkorn oder ein Pflänzchen. Nur einer Frau, ihrer Nachbarin, gab sie kein einziges Samenkorn. Ihre Mutter war darob sehr verwundert, doch Rosa sagte nur: „Diese Schlange kriegt keine Blume von mir“. Und sie hatte recht, ihre Nachbarin war nicht nur eine herzensböse Frau, die nie anderen Menschen half, sie nährte auch eine Schlange an ihrer Brust. Diese bestärkte auch noch ihren Zorn und die Eifersucht auf Rosas Blumengarten.

Gewiss hätte Rosa bis ans Ende ihrer Tage glücklich gelebt, geheiratet und Kinder großgezogen, wenn nicht dazumal der Wahn der Hexenverfolgung über die Menschen hereingebrochen wäre. Auch in

Rosas Dorf kamen Männer, um zu erheben, ob es hier Hexen gäbe. Doch keiner wusste zu berichten, dass er eine ertappt hätte, die auf dem Besen ritt oder durch bösen Blick ein Stück Vieh verdorben hätte. Die hohen Herren setzten aber eine Belohnung für den aus, der eine Hexe anzeige. Da stürzte Rosas Nachbarin sofort zu ihnen und schwärzte Rosa an: Warum gedeihen die Blumen bei ihr so gut? Hexerei! Warum dienen ihr die Vögel? Hexerei! Warum singt sie den ganzen Tag? Eine Hexe hat gut singen!

Die hohen Herren freuten sich, endlich eine Hexe gefunden zu haben und es half auch nichts, dass die Leute vom Dorf sich alle vor Rosa stellten.

So wurde Rosa auf dem Scheiterhaufen verbrannt. Als der Frühling kam, klopften die Vögel an Rosas Fenster, doch nur die alte Bäuerin öffnete ihnen. Traurig säte sie die Samen, die sie gebracht hatten, in einen Blumentopf und daraus sprossen Blumen mit rosaroten Blüten. „Ganz wie die Wangen meiner Tochter! Ihr lieben Blümlein, ihr seid Balsam für mein leiderfülltes Herz.“

Allen, die ihren Kummer teilten, schenkte sie Samen von dem Balsam und da es viele mitfühlende Seelen im Dorf gab, blühten bald an vielen Fenstern die rosaroten Blumen - die Balsaminen.

Diese Blume brachten die Vögel aus China, wo sie „fungxian“ heißt, was Gartenfee bedeutet. In der chinesischen Medizin wird die Balsamine gegen traumatische Verletzungen und Schmerzen verwendet. Ferner soll sie helfen, Knochen und Gräten zu erweichen, die im Hals stecken geblieben sind, doch Vorsicht, die Balsamine kann auch die Zähne weich machen.

Die Eiche und die Linde
oder die Geschichte von Philemon und Baucis

Auf den phrygischen Hügeln, wo einst bewohnbares Land war, steht noch immer eine Linde neben einer Eiche. Dorthin wanderten einst Zeus und der Götterbote Hermes, als Reisende verkleidet. Sie suchten Unterkunft bei den Einheimischen, doch alle Türen blieben ihnen verschlossen.

Nur in einem Haus wurden sie freundlich aufgenommen. Es war ein armseliges, kleines Haus, mit Stroh und Schilfmatten bedeckt und darin wohnten Philemon und Baucis, ein altes Ehepaar. Weil das Haus so klein war, mussten die Götter gebückten Hauptes die niedrige Türschwelle überschreiten. Der alte Mann forderte sie auf, auf einer Bank Platz zu nehmen, während die emsige Baucis ein Schaffell darüber warf. Schnell entzündete sie ein Feuer im Ofen und begann, ein Mahl zuzubereiten. Sie nahm ein geräuchertes Stück Fleisch vom Balken, das lange aufbewahrt worden war. Dazu servierte sie Oliven, in Wein eingelegte Kornelkirschen, Endivienblätter und nicht allzu scharf gewürzten Schafkäse.

Philemon kredenzte in Bechern aus Silberbuche lange gereiften Wein und sie gaben den Gästen den besten Platz am Tisch. Kurzweilig war die Zeit und gemütlich durch die Wärme des Feuers. Mit runzligen Händen brachte Baucis in einem Rohrkörbchen noch Nüsse, getrocknete Feigen und Zwetschken, nach Wein duftende Äpfel und frische purpurrote Trauben als Nachtisch. Die Weinbecher wurden in der Zwischenzeit viele Male geleert, doch schien es, als ob sie immer nachgefüllt würden. Dieses Wunder öffnete den beiden Alten die Augen und sie sahen, dass ihre Gäste keine normalen Sterblichen sein konnten. So wollten sie als besonderes Opfer für die Götter ihren Gänserich, dessen Aufgabe es war, das Haus zu bewachen und der auch schon recht alt war, schlachten. Der Gänserich flüchtete unter den Mantel des Göttervaters Zeus und die Himmlischen

Der wohlschmeckende Lindenblütentee ist seit jeher ein beliebter Grippetee. Da er immunstärkend wirkt, sollte man ihn schon vorbeugend zum Frühstück trinken.

verboten, ihn zu töten. Sie gaben sich zu erkennen und sagten: „Diese hartherzige und ruchlose Gegend wird ihre Strafe erleiden. Ihr aber sollt verschont bleiben. Verlasst euer Haus und geht mit uns auf den Gipfel des Berges."

Sie gehorchten und folgten langsam, auf Stöcke gestützt, den Göttern. Als sie sich, am Berg angelangt, umblickten, war die gesamte Gegend in einen See verwandelt. Nur ihr Häuschen war stehen geblieben und unter ihren Blicken wurde es zu einem Tempel aus Marmor mit einem Dach ganz aus Gold. „Ihr seid gottesfürchtige Menschen, ihr sollt die Wächter dieses Tempels werden. Ich will euch aber gerne noch einen Wunsch erfüllen, wenn ihr mir diesen nennt", sprach Zeus. Die beiden Alten sahen sich an und dann baten sie: „Weil wir so viele Jahre gemeinsamen Herzens verbracht haben, wollen wir in derselben Stunde sterben, damit nicht einer von uns den anderen begraben muss."

So geschah es. Sie dienten im Tempel und als sie vor dem Schritt ins Jenseits standen, erblickte Baucis, wie Philemon sich belaubte und Philemon sah, wie Baucis sich mit Blättern bedeckte. Und bevor sie sich komplett in Bäume verwandelt hatten, wisperte Philemon: „Lebe wohl, meine Gemahlin" und es raschelte zurück: „Lebe wohl, mein Gemahl." Philemon wurde zur Eiche, dem Symbol männlicher Stärke, Baucis wurde zur Linde, dem Symbol der Ehe, der Güte und Gastfreundschaft, aber auch der Bescheidenheit.

„Dirndl" nennt man die Kornelkirsche (Cornus mas) in Österreich und ihre Früchte eignen sich zu vielfältiger Verarbeitung wie Kompott à la Philemon und Baucis mit Wein oder auch zum Ansetzen für Likör.

Es gibt aber noch eine andere Version der Geschichte von Philemon und Baucis. Zeus und Hermes, die hungrigen Wanderer sollen von den in Wein eingelegten Kornelkirschen so angetan gewesen sein, dass sie auf den Wunsch der zwei Alten, sie gemeinsam sterben zu lassen, die beiden in Kornelkirschensträucher verwandelten. Die Kornelkirsche ist bekanntlich zweihäusig, das heißt, dass es männliche und weibliche Pflanzen gibt. Philemon wurde zum männlichen und Baucis zum weiblichen Strauch und nur, wenn die beiden nebeneinander wachsen, dürfen wir hoffen, dass es Früchte zu ernten gibt.

Der Klatschmohn

In einem kleinen Dorf lebte Jokl, der Sohn eines reichen Bauern. Er war nicht gerade der Schlaueste im Dorf und daher hatte ihm sein Vater nur die Ferkel anvertraut. Die gediehen aber unter seinen Händen zu prächtigen Schweinen.

Als Jokl alt genug war, um ans Heiraten zu denken, schickte ihn der Vater zur Mühle, damit er um die Liesl, des Müllers lustiges Töchterchen, anhalte. „Vergiss aber nicht, ihr Blumen mitzubringen“, rief der Vater, „am Weg wachsen schöne Heckenrosen, aus denen kannst du einen Strauß machen.“

Der Jokl ging singend und pfeifend seines Weges, dachte an seine Schweine, was er denn ihnen Besonderes füttern könne und als er bei der Mühle ankam, fiel ihm ein, dass er den Rosenstrauß vergessen hatte. „Blumen sind Blumen“, sagte sich der Jokl und stapfte in ein Getreidefeld, wo rote Mohnblumen wuchsen. „Wirst du aus dem Getreidefeld verschwinden“, schrie der Müller und vertrieb den Jokl mit einem Stock, weil er beim Blumenpflücken das Korn zertrat. Vor lauter Schreck ließ der Jokl den Strauß fallen und lief schnell nach Hause. Von diesem Tag an wollte er von Mädchen nichts mehr wissen und er kümmerte sich nur noch um seine Schweine.

Der Müller aber erzählte dem Bäcker, als er kam, die Mehlsäcke zu holen, die Geschichte vom Jokl und dem Mohnblumenstrauß. Der Bäcker erzählte zu Hause die Geschichte seiner Bäckerin. Die rannte sofort zur Frau des Schneiders und so ging der Klatsch über den Jokl, den Mohn und die misslungene Brautwerbung durch das ganze Dorf.

Und das ist einer der Gründe, warum der rote Mohn, der im Getreideacker wächst, noch immer Klatschmohn heißt. Den anderen Grund hört man, wenn man ein Blütenblatt zwischen den Händen zerschlägt.

Früher gab man Klatschmohntee Kindern gegen Unruhezustände und Husten. Der botanische Name Papaver somniferum ist zusammengesetzt aus „papa“, altrömisch Kinderbrei und „verum“, echt sowie „somniferum“, das heißt schlafbringend. Im alten Rom, aber auch bei uns bis in jüngste Zeit war es üblich, den Saft des Mohnes Kinderspeisen beizufügen, um sie ruhig und „brav“ zu machen.

Die Mariendistel

Als die heilige Familie auf der Flucht vor den Häschern des Herodes nach Ägypten war, geriet sie einmal in höchste Bedrängnis. Die Häscher kamen immer näher, weit und breit war keine Hütte, in der sie sich verstecken hätten können und das Jesuskind begann vor lauter Hunger zu schreien. Der arme Josef wusste nicht mehr aus noch ein und geriet in Panik. Er trieb den Esel zur Eile, in der Hoffnung, schneller weiterzukommen. Doch der Esel, auf dem Maria mit dem Jesuskind saß, blieb daraufhin störrisch stehen. Josef versuchte, ihn weiterzuziehen und wusste nicht, was er tun sollte. Manchmal sind aber die Esel die Gescheiteren. Er lenkte seine Schritte in ein hohes Distelgestrüpp und Josef musste widerwillig folgen. Das Gestrüpp war recht hoch, so dass sie alle vor den Blicken der Verfolger geschützt waren. Maria konnte das Jesuskind in aller Ruhe stillen und der Esel fand ein paar junge, zarte Disteln gegen seinen Hunger.

Als das Jesuskind nun satt und zufrieden im Arm der Mutter einschlief, liefen ein paar der Tropfen der Milch an seinem Kinn herunter und fielen auf die zarten Distelblätter. Seit jener Zeit hat diese Distel weiße, wie von verlaufener Milch aussehende Streifen auf ihren Blättern und wird Mariendistel genannt. Und dass so eine Distel besonders heilkräftig sein muss, versteht sich von selber!

Die Mariendistel ist die wirkungsvollste Heilpflanze gegen alle Leberkrankheiten. Ihre Wirkstoffe regen die Leberzellenbildung an und helfen der Leber bei ihrer Entgiftungsarbeit.

Der Maulbeerbaum

Zur Zeit der Königin Semiramis in Assyrien lebte Thisbe, das schönste Mädchen von Babylon und Pyramus, ein hübscher junger Prinz. Sie lebten in benachbarten Häusern, die von hohen Backsteinmauern umgeben waren. Aus der Nachbarschaft entstand Freundschaft und mit der Zeit die ersten Schritte zur Liebe. Diese wuchs so sehr, dass die beiden sich schworen, gemeinsam leben zu wollen. Doch die Väter waren auf Grund von Familienstreitigkeiten dagegen. Das Verbot, zusammen zu sein, steigerte natürlich nur das Verlangen der beiden zueinander. So standen sie jede Nacht vor der Wand, die ihre Häuser trennte und sagten, jeder auf seiner Seite: „Oh, du neidische Wand, warum behinderst du uns Liebende. Doch wir wollen nicht undankbar sein, denn dir verdanken wir, dass wir uns durch deine Ritzen miteinander verständigen können."

Oft standen sie bis tief in die Nacht vor der Wand und schickten sich Küsse, auch wenn diese die Wand nicht durchdringen konnten. Eines Nachts wurde ihr Wunsch, zusammen zu kommen, so groß, dass sie beschlossen, zu flüchten. Sie verabredeten, sich unter dem Schatten eines Baumes beim Grabmahl des Ninus zu treffen. Dieser Baum war übervoll behangen mit kleinen weißen Früchten, die, wenn man darunter saß, fast von selbst ins Maul hinein fielen, weshalb man ihn Maulbeerbaum nannte.

Thisbe, die ihr Gesicht mit einem Schleier verhüllt hatte, um unerkannt zu bleiben, kam viel früher als Pyramus zu dem verabredeten Baum. Plötzlich näherte sich eine Löwin, deren Maul noch voll vom Blut eines eben gerissenen Rindes war. Thisbe lief erschreckt davon und verlor dabei ihren Schleier. Die Löwin nahm ihn mit ihren blutgetränkten Zähnen auf, spielte damit und ließ ihn dann liegen. Pyramus aber, der erst viel später zum verabredeten Maulbeerbaum kam, fand dort nur den blutbefleckten Schleier Thisbes und daneben die Fußabdrücke eines Löwen. So war er überzeugt, dass seine geliebte Thisbe von dem wilden Tier getötet worden sei. Voller Trauer und Verzweiflung beschloss er, auch seinem Leben ein

Ende zu setzen und warf sich in sein Schwert. Hoch spritzte das Blut aus seinem Herzen und die Früchte des Baumes verfärbten sich purpurrot durch das Blut. Wenige Zeit später wagte sich Thisbe zurück zu dem vereinbarten Treffpunkt, doch sie wurde unsicher, als sie sah, dass die Früchte des Baumes nicht weiß, sondern dunkelrot waren. Aber dann sah sie ihren Geliebten, sah seine im Tode zuckenden Glieder und schrie: „Pyramus, welch grausames Geschick hat dich mir entrissen? Antworte doch, deine liebende Thisbe ruft dich!“ Da öffnete Pyramus die Augen und erkannte im Tode lächelnd ihr Gesicht. Thisbe, die ihren blutbefleckten Schleier in seinen Händen als die Ursache des Unglücks erkannte, klagte: „Unsere Liebe und deine Hand haben dich zu Grunde gerichtet, nun lege ich mein Schicksal in dieses Eisen, das dich durchbohrt hat. Und du Baum, der du mit deinen Ästen diesen armen Körper meines Pyramus bedeckt hast, wirst bald unser beider Körper bedecken. Ich bitte dich, zum Zeichen unseres Todes immer dunkle Früchte als Erinnerung an unser vergossenes Blut zu tragen“. So sprach sie und nahm das Schwert, das noch immer von dem Blute des Pyramus befleckt war und sie durchbohrte ihr Herz mit dem Eisen. Seit dieser Zeit gibt es nicht nur weiße, sondern auch dunkelrote Maulbeeren.

Eigentlich stammt die Maulbeere aus Ostasien und in der chinesischen Medizin verwendet man die Früchte der weißen Maulbeere gegen Nervosität und Schlaflosigkeit. Dunkelrote Früchte allgemein werden neuerdings von der Wissenschaft sehr geschätzt, da ihre Farbstoffe die Gefäße vor den sogenannten Freien Radikalen schützen sollen und somit sogar Herzinfarkt vorbeugen können.

Der Natternkopf

Vor undenklichen Zeiten, damals, als die ersten Blumen auf diese Welt kamen, ging ein Engel über die Lande, der die Aufgabe hatte, diesen Pflanzen Gestalt und Namen zu geben. Der liebe Gott, der Schöpfer alles Weltlichen, konnte ja schließlich nicht alles allein machen.

Nun, da kamen sie, die Blumen. Viele schon in farbenprächtigen Kleidern, andere mit lustigen Pflanzengesichtern wie z. B. das Löwenmaul.

Eines Tages ging der Blumenengel wieder über unsere Wiesen. Einem wundervoll duftenden, feingegliederten Blütenstern gab er den Namen „Federnelke“. Eine der Brennessel ähnliche, aber nicht brennende Pflanze taufte er „Taubnessel“. Plötzlich stand er vor einer neuen Pflanze, die wie eine grüne Säule kerzengerade in die Höhe wuchs. Schön war sie wahrlich nicht und der Stängel war ebenso wie die Blätter mit rauen Haaren übersät, so dass auch das Angreifen dieser Pflanze kein Wohlgefallen auslösen konnte. Da war sogar der Engel ratlos und fragte: „Was wünscht du dir für Blüten, du armes, hässliches Pflänzchen? Du darfst dir sowohl die Form als auch die Farbe aussuchen.“

Da sah diese grüne Kratzbürste erst auf die rechte Seite, wo die Wegwarte im schönsten Himmelblau strahlte und dann auf die linke Seite, wo die rosarote Federnelke vor sich hinduftete. Es fiel ihr so schwer, sich für eine Farbe zu entscheiden und gar erst für die Form der Blüte. Da bemerkte sie eine Ringelnatter, die friedlich in ihrem Schatten geruht hatte und sich nun züngelnd davon bewegen wollte. „Gib mir Blüten, wie dieses Natternköpflein mit dem Zünglein darin“, sagte die Pflanze und beglückte damit die Ringelnatter, die sich so sehr freute, dass jemand ihr gleichen wolle. „Aber welche Farbe sollen die Blüten haben?“, fragte der Engel. „Blau wie die Wegwarte und ein rosa Zünglein wie die Federnelke“, wünschte sich die Pflanze und so wurde dieses rauhaarige Gewächs zu einer wunderschönen Pflanze, dem Natternkopf und es soll uns immer daran erinnern, dass alle Geschöpfe dieser Welt liebenswert und schön sind.

Man sieht dem Natternkopf (Echium vulgare) heute noch an, dass er eine „Kratzbürste“ aus der Familie der Rauhaargewächse ist, aber das Blau seiner Blüten versucht an herrlichen Sommertagen mit dem Blau des Himmels in Konkurrenz zu treten.

Die Wegwarte

Es war einmal eine Königin, die hatte eine wunderschöne Tochter mit himmelblauen Augen, die sehr liebevoll und wohlerzogen war. Als sie zu einem schönen Mädchen herangewachsen war, kamen aus fernen Ländern Königssöhne herbei, um die schöne Prinzessin zu sehen und um sie als Gemahlin zu gewinnen. Einer dieser Prinzen, er war so schön wie keiner der anderen, gewann ihr Herz und sie verliebte sich sehr in ihn. Sie liebte ihn so sehr, dass sie ohne ihn nicht mehr sein konnte und so musste er ständig in ihrer Nähe sein. Obwohl der Prinz ihre Liebe erwiderte, fühlte er sich dadurch in seiner Freiheit beengt und er setzte sich auf sein Pferd und ritt gegen Osten.

Die Prinzessin konnte nicht glauben, dass der Prinz sie verlassen habe, sie hatte ihn doch so sehr geliebt. Sie setzte sich an den Wegesrand und wartete, dass ihr Geliebter zurückkehre. Und sie wartete und wartete und aus den Tränen ihrer blauen Augen wuchsen die Wegwarten und da sitzen sie noch immer und schauen gegen Osten. Zu Mittag schließen sie die Blüten, aber am nächsten Tag schauen sie wieder hoffnungsvoll der aufgehenden Sonne entgegen.

Die Blüten der Wegwarte blicken immer gegen Osten und zeigen uns so diese Himmelsrichtung an. Auch als Ersatz für eine Uhr ist die Wegwarte geeignet, weil sie pünktlich gegen Mittag die Blüten schließt, allerdings hat es zur Zeit der Prinzessin die „Sommerzeit“ noch nicht gegeben. In der Bachblütentherapie wird das Mittel „Chicory“ , das aus den Blüten der Wegwarte hergestellt wird, denen verordnet, die ihre unbewusst in sich getragene Herrschsucht durch Überfürsorglichkeit und umklammernde Liebe ausdrücken. „Chicory“ hilft, zu lieben, ohne Gegenleistungen zu erwarten. Es hilft, loszulassen und die, die man liebt, auch gehen zu lassen.

Der Eisenhut

Der böse und jähzornige Ritter Eisenhut war weithin gefürchtet und keiner wollte mit ihm kämpfen. Nur ein junger Knappe ließ sich in seiner Unerfahrenheit und unnötigem Wagemut zu einem Kampf mit ihm hinreißen. Eisenhut besiegte ihn schnell und wollte ihn schon töten. Doch der Knappe konnte sein Leben retten, indem er Eisenhut seine über die Lande bekannte, wunderschöne Schwester zur Frau versprach. Diese war darüber aber gar nicht glücklich und weinte sich vor Gram fast die Augen aus, während ihre Zofen eifrig an dem Brautkleid nähten. Als der Ritter Eisenhut festlich aufgeputzt zur Hochzeit auf der Burg einritt, kredenzte ihm die Köchin Wein in einer Kanne und zur Feier hatte sie die Kanne mit blaubehelmten Blumenstängeln umwunden.

„Was soll diese kleine Kanne“, schrie der Ritter Eisenhut wütend. „Willst du mich verdursten lassen, du alte Hexe?“ Er war durstig von dem langen Ritt und trank die Kanne in einem Zug leer. Niemand hatte bemerkt, dass eine der blauen Blüten in den Wein gefallen war. „Noch eine Kanne, aber eilig, ihr Lumpenpack“, brüllte er, weil seine Kehle auf einmal wie Feuer brannte und er trieb die Köchin mit der Peitsche an. Aber bevor diese ihm den Wein bringen konnte, fiel er tot vom Pferd.

„Was ist geschehen?“, kam die unglückliche Braut eilig herbei. „Nichts besonderes“, flüsterte die Köchin listig. „Ein blaues Blümlein hat einen starken und bösen Ritter besiegt. Wir sollten diese Blume Eisenhut nennen, weil ihre Blüte dem Helm des Ritters so ähnlich sieht. Wir müssen aber diese Pflanze aus dem Würzgärtlein entfernen und an einen besonderen Platz setzen, damit nicht auch noch andere Köchinnen sie verwenden, denn diese Pflanze muss recht giftig sein.“

Der Eisenhut (Aconitum napellus) ist eine der giftigsten Pflanzen und in Dosierungen von zwei bis vier Gramm der Knolle tödlich giftig. Das Gift ist aber leicht nachweisbar und daher lohnt es sich nicht, wild gewordene Männer damit zum Schweigen zu bringen.

Dass der Eisenhut sehr giftig ist, erzählt diese Geschichte sehr wohl, aber warum dies so ist, erfahren wir aus einer anderen Geschichte.

Wie der Eisenhut giftig wurde

Die ganze Samstagnacht hatte der Teufel die Wirtshäuser durchstreift, in der Hoffnung, Streit und Unfrieden stiften zu können. Die Menschen aber tranken nur friedlich ihr Glas Wein und der Teufel war fuchsteufelswild. Als die Morgenglocken läuteten, lief er schnell wieder heim, denn Glockenläuten an sich war ihm schon zuwider und die Glocken zur Sonntagsmesse, die konnte er schon gar nicht hören. Er spazierte über die Äcker und erfreute sich an den Mäusen, die durch ihre Wühlereien Schaden und Verdruss stifteten. Seine Stimmung wurde ein bisschen besser.

Da kam ein altes Mütterlein mit ihrem Enkelkind auf dem Weg zur Messe daher. Auf einer Blumenwiese rasteten die beiden und der Teufel konnte zuhören, wie das Mädchen rief: „Schau, Großmutter, was es hier für schöne Blumen gibt. Willst du mir nicht helfen, ein Kränzlein für mein Haar zu winden.“ „Du hast recht“, antwortete die Großmutter, „aber wir wollen zwei Kränze anfertigen.“ „Zwei?“, fragte das Kind, „auch für dich einen, Großmutter?“ „Aber nein, mein Kind, auf mein Kopftuch passt kein Blumenkranz. Aber am Weg zur Kirche, da ist eine Kapelle mit einer Figur von der Muttergottes. Der wollen wir einen Kranz aufsetzen.“

Der Teufel, der dies hörte, wurde wieder fuchsteufelswild: „Nicht einmal im Freien ist man sicher vor diesem frommen Getue. Na ja, die Weiber sind halt so abergläubisch. Doch da kommen zwei Männer, die werden wohl nicht so dumm sein.“ Aber der eine der beiden war ein Dichter und noch dazu verliebt und er sprach zu seinem Freund über die Blumen: „Ach, mein Herz wird schon froh, wenn ich so ein kleines Gänseblümchen anschaue. Ich danke immer dem lieben Gott für die vielen Blumen, die er geschaffen hat.“ Der Teufel hielt sich die Ohren zu, knirschte mit den

Zähnen und fluchte: „Überall dieselbe Litanei", und mit seinem rachsüchtigen Herzen beschloss er, den Menschen ihre Freude an den Blumen zu vergällen und nahm sich vor, sie alle zu vergiften. Das sollte ihm nicht schwer fallen, denn mit soviel Gift und Galle im Bauch brauchte er den Zorn nur in seine Augen zu verlegen und die Blumen damit anzuschauen.

In homöopathischer Form hilft der Eisenhut, der auch Sturmhut genannt wird, gegen alle Erkrankungen, die plötzlich den Menschen überfallen wie eine Grippe.

Sein teuflischer Blick sollte doch ausreichen, die Blumen giftig zu machen. Es wäre ihm auch geglückt, wenn Gott nicht seine böse Absicht erkannt hätte. Und so schickte er einen seiner Engel durch die Lande, die Blumen zu schützen. Immer, wenn der Teufel eine Blüte ansehen wollte, beugte der Wind die Blume und des Teufels giftiger Blick blieb erfolglos.

Bei einer einzigen Blume ist es ihm aber geglückt. Sie war so stolz und hoffärtig, dass sie sich vom Wind nicht beugen lassen wollte und des Teufels Blick ließ sie bis in die Wurzel giftig werden - das war der Eisenhut, der deshalb auch Sturmhut genannt wird.

Die Wicke

Ein Vater hatte drei Söhne, ganz wie im Märchen. Sie waren zu klein, um dem Vater bei der Arbeit helfen zu können. Dieser hatte also recht fleißig dafür zu sorgen, dass seine Söhne genug zu essen hatten, aber trotzdem war bei ihnen öfter Schmalhans Küchenmeister. Musste der Vater zum Holzfällen für etliche Tage in den Wald, so stellte er den Knaben eine Schüssel gekochter Erbsen hin. Die Kinder schütteten die Erbsen in Wasser, aßen sie und warteten auf die Rückkehr des Vaters.

Einmal verspätete sich der Vater mit seiner Rückkehr aus dem Wald und in der Schüssel waren nur noch sechs Erbsen. Der mittlere Bruder schlug vor, sie gerecht zu teilen und jedem zwei zu geben. Der Älteste jedoch, der die Abwesenheit des Vaters immer nützte, um seine Brüder herum zu kommandieren, erklärte, gerecht teilen heiße: drei Erbsen für ihn als dem Ältesten, zwei für den mittleren Bruder und eine für den Jüngsten. Und so teilte er die Erbsen auch auf und befahl den Brüdern, sich nicht beim Vater zu beklagen.

Noch hatten sie die Erbsen nicht verzehrt, als es klopfte. Ein alter Mann mit einem weißen Bauernpelz trat ein. Er wünschte einen guten Tag, legte seinen Stock auf den Boden und sank erschöpft auf die Bank. Er sprach zum ältesten Bruder: „Mein Sohn, vor Hunger bin ich so entkräftet, dass ich nicht einmal mehr stehen kann. Gib mir doch etwas von deinem Anteil am Mittagsmahl und du wirst sehen, wer gibt, dem wird gegeben.“ „Haha“, lachte der älteste Sohn, „ich glaub nicht an Märchen. Mach lieber, dass du weiterkommst.“

Doch der Alte blieb sitzen und sprach zum mittleren Bruder: „Hast du ein weicheres Herz als dein Bruder?“ Dieser betrachtete die beiden Erbsen. Es fiel ihm schwer, eine wegzugeben, aber er glaubte noch an Märchen und dachte, vielleicht bringt es mir einen Topf Geld ein. Der Alte dankte, aß die Erbse und wollte weitergehen, aber ein Bein gehorchte ihm nicht. Da sprang der jüngste Bruder auf, stützte ihn und drückte ihm seine einzige

Die wohlriechende Wicke (Lathyrus odoratus)ist eine echte Bereicherung für unsere Gärten und kann dazu verwendet werden, hässliche Zäune in duftende Grenzen zu verwandeln.

Erbse in die Hand und sagte: „Iß, Großvater, das ist für das andere Bein, ich selber habe noch gar keinen Hunger." Der Alte blickte dem Kleinen in die Augen, lächelte und sagte: „Du hast mehr Hunger als deine Brüder, aber bei dir herrscht das Herz über den Bauch."

Er hob seinen Stock und ging zur Tür: „Ich habe mich gewärmt und gestärkt, jetzt will ich euch danken." Er griff in seine Tasche und holte Erbsen heraus. Dem ältesten Bruder füllte er das Schüsselchen, dem mittleren Bruder schüttete er Erbsen in die geöffneten Hände. Dem Kleinen aber gab er ein einziges Erbslein, das er aus der Brusttasche holte. „Befolgt meinen Rat", sprach er zu den Brüdern, „wenn der Frühling kommt, sät die Erbsen aus und pflegt sie gut. Ihr werdet sehen, jeder wird nach seinem Verdienst entlohnt werden."Nachdem der alte Mann gegangen war, grinste der älteste Bruder: „Schön dumm wart ihr! Ich habe nichts gegeben und doch das meiste bekommen. Und du, Kleiner, hast gar nur für dein letztes Essen eine einzige schäbige Erbse bekommen."

Im Frühling säten die Brüder ihre Erbsen aus. Auf dem Feld des ältesten Bruders wucherte Unkraut, das zwar Schoten trug, aber die Samen waren nicht genießbar. Wo der mittlere Bruder gesät hatte, erblühte ein kunterbuntes Dickicht von Platterbsen, an dem nur die Ziegen Gefallen fanden.

Der jüngste Bruder aber säte seine einzige Erbse vor das Fenster am Haus. Sie wuchs und gedieh, rankte sich an der Hauswand hoch und entfaltete zartblaue, herrlich duftende Blüten. Von weither kamen die Leute, um diese Blumenerbse zu bewundern. Der König bot gar einen Topf Gold, um diese Erbse zu bekommen. Doch der jüngste Bruder gab seine Pflanze nicht her. Er erntete die Samen und verschenkte sie an Freunde und wurde so, indem er immer wieder säte, ein berühmter Gärtner. Die Blumenerbse blühte nun in vielen Farben, verbreitete sich über die Erde und erhielt verschiedene Namen. Wir nennen sie Wicke.

Die Geschichte der kleinen Fee Geran

Geran war eine Fee aus der Familie „Flora“ und lebte mit dieser in einem kleinen Tal im kambrischen Gebirge in Wales. Alle Mitglieder dieser Familie waren damit beschäftigt, Blumen zu betreuen und jedes einzelne Familienmitglied hatte eine Blume, die seine spezielle Aufgabe war. Sie pflegten sie, heilten ihre Wehwehchen und sorgten für den richtigen Boden und für Sonne und Regen zur richtigen Zeit. Geran war die jüngste der Familie und sie hatte nichts zu tun, denn als sie zur Welt kam, waren schon alle Blumen Englands an andere Feen verteilt. Sie war daher sehr unglücklich, wenn alle ihre Schwestern und Brüder nach dem Frühstück aus dem Haus gingen , um sich ihren Blumen zu widmen. Ihre Eltern konnten ihr auch nicht helfen und schickten sie zum alten Rowan, dem Clanältesten der Pflanzenfeen.

„Warum störst du mich in meinem Schlaf, du Winzlingsfee“, murrte Rowan ungnädig. „Ich bin deine Urururnichte Geran und ich habe keine Blume für mich als Aufgabe“, seufzte die kleine Fee mit Tränen in den Augen. Als der alte Rowan erkannte, wie ernst es der Kleinen mit ihrem Anliegen war, begann er nachzudenken. „Hier bei uns weiß ich keine Blume mehr, die du betreuen könntest. Aber die Meernixen haben mir von einem fernen Land erzählt, in dem es viele Blumen gibt, die wir hier gar nicht kennen. Wenn du eine Blume für dich haben willst, wirst du sie dir holen müssen.“

Geran erzählte ihren Eltern, dass sie über das Meer fahren müsse. Alle Floras kamen und bedachten die kleine Geran mit ihren Segenswünschen und sie machte sich auf den Weg. Zum Glück fand sie ein Schiff, auf dem Rosen verfrachtet wurden, bei denen sie einen ruhigen Platz finden konnte. Eines Tages ging das Schiff vor Anker und sie kam mit den Rosen an Land.

Feen können ja auch mit Tieren sprechen und die erzählten ihr, dass sie in einem Land namens Afrika sei und was es da alles an Blumen gäbe. Alle waren sich einig, dass sie eine Blume mitnehmen solle, die genauso rot wie ihr Kleidchen sei und führten sie zu einem Platz, wo sie wuchsen. Die Pflanzen wurden eingetopft und Geran kam wohlbehalten mit ihnen in England an.

Aber leider, obwohl sie den Blumen all ihre Liebe angedeihen ließ, sie kümmerten. Eines Tages kam der alte Rowan wieder vorbei und besah sich das Elend. „Ja, da gibt es nur eine Möglichkeit", meinte er, „du musst mit dieser Pflanze zu den Menschen gehen, die haben Gewächshäuser, in denen es immer warm ist, so wie die Blume das braucht." So machte sich Geran auf den Weg zu einem lieben, alten Gärtner, mit dem sie immer gern geplauscht hatte. Tim, so hieß er, gab der armen kleinen Blume aus Afrika den schönsten Platz im Glashaus und sofort begann diese, sich zu recken und zu strecken und zeigte ihre roten Blüten. „Was sage ich bloß meiner Herrin, wenn sie morgen kommt und mich fragt, wie diese Blume hier heißt, die so schön rot blüht", überlegte Tim. „Was würdest du davon halten, wenn wir sie Geranie nennen, wo du sie doch gebracht hast und auch versprochen hast, deine Feenhand über die Pflanze zu halten", meinte Tim zu der kleinen Fee. Geran war ganz gerührt vor Freude, dass ihre Schutzbefohlene nun auch noch ihren Namen tragen solle.

Die afrikanische Blume wuchs dank der Obhut Gerans und des alten Gärtners so prächtig, dass alle Menschen, die sie sahen, sie auch bei sich zu Hause haben wollten. Und so zieren diese Pflanzen unsere Fensterbänke, denn nicht jeder hat ein Glashaus und sie heißen noch immer Geranien, obwohl wir heute wissen, dass sie richtigerweise Pelargonien genannt werden sollten.

Diese Geschichte wurde erstmals in einem Buch veröffentlicht, das von der Autorin dieses Märchenbuches stammt: „Duftpelargonien", Agrarverlag und das Liebhabern von Pelargonien zum Nachlesen empfohlen werden kann. Pelargonien mit duftenden Blättern, wobei die Duftpalette von rosenähnlich bis minzig reicht, eignen sich zum Würzen von Speisen und ihr Duft ist ähnlich harmonisierend, wie der von Rosen.

Eine alte Sage aus Südtirol erzählt folgende Geschichte über die Lärche.

Die Hochzeit der Merisana
oder wie die Lärche auf diese Welt kam

Auf den einsamen Hochflächen unserer Almen spüren wir manchmal die Anwesenheit einer wunderbaren Kraft, ob auf einem kleinen Weidehügel, von dem man eine schöne Aussicht ins Tal hat oder in einem seltsam stillen Lärchenhain, ob neben einem rieselnden Wasserfall oder zwischen Heidekraut und Enzian. Solche Hügel heißen dann „Col de Merisana", Hügel der Elfenkönigin und der Bach „Ru de ra Verdzhines", Jungfrauenbach.

Im Sommer kamen früher die Elfen gerne aus dem Hügel. Sie trugen hellfarbige Gewänder und waren wie Blumen so zart. Sie verbrachten gerne die Mittagszeit an einem kühlen Bach und es war eine Freude, sie im Glanz des Mittagslichtes über die Wiesen wandeln zu sehen. Seit die Almen verbaut sind und die Menschen scharenweise auf die Höhen kommen, sind die Elfen aber verschwunden.

Diese Wald- und Wasserjungfrauen hatten eine Königin, die Merisana hieß. Sie hatte alles, was man sich wünschen kann. Die Blumen und die Sträucher, die Gräser und die Bäume verneigten sich vor ihr und gehorchten ihrem Wort. Wenn sie ans Ufer eines Sees trat, legten sich die Wellen. Trotzdem war Merisana nicht ganz glücklich, denn sie trauerte darüber, dass es so viele Lebewesen gäbe, die unglücklich seien. Wie viel Schmerzen fügte doch das Volk der Menschen ihren Untertanen, den sanften Blumen und Bäumen, den Tieren und den Wassern, ja sogar der Luft zu. Aber sie fand keinen Weg, dies zu ändern.

Da geschah es, dass der Rey de Rayes, der Strahlenkönig, dessen glänzendes Reich weit hinter dem rosenfarbenen Gletscher lag, eines Tages das liebliche Tal heraufgeritten kam und am Jungfrauenbach Rast hielt. Für einen Augenblick sah er im Wasser des Baches das Gesicht der schönen Merisana, doch er glaubte, nur ein Bild zu sehen und ritt weiter. Er wusste ja nichts von den Wasserwesen, die in den Fluten leben. Er kehrte in sein Reich zurück. Er war dabei, eine Braut zu suchen, aber auch die schönsten Mädchen seines Reiches konnten ihn nicht das Bild der Merisana vergessen lassen. So ritt er immer wieder in das Tal, in dessen Bach er das Gesicht gesehen hatte. Eines Tages sah er ein kleines spindeldürres Männlein, den Wögl dale Welme, den Alten von den Grünerlen. Der war ein weiser Mann, den jeder um Rat fragen durfte. Mit ihm sprach der Strahlenkönig über das Bild im Wasser. „Du kommst in unsere Gegend immer nur des Morgens. Komm doch einmal um die Mittagszeit und du wirst Merisana sehen können, wie sie über die Wiesen wandelt", sagte der Alte. Und es dauerte nicht lange, bis der Strahlenkönig Merisana traf und er warb um ihre Hand. Merisana antwortete, dass sie ihm nicht nein sagen wolle, aber sie könne erst heiraten, wenn alle Lebewesen froh seien. Keiner dürfe klagen und weinen, denn nur Glückliche können an einem Hochzeitsfest lachen, tanzen und singen. „Das musst du erreichen, dann können wir Hochzeit halten." Der Strahlenkönig ging fort und war in großer Sorge. Auch wenn er viel Macht besaß, zweifelte er, dass er alle Lebewesen glücklich und froh machen könne.

Auch seine weisen Räte meinten, dass dies unmöglich sei. Der Strahlenkönig schickte viele Boten aus, die jeden Menschen, den sie trafen, ob Bäuerin oder Handelsherr, ob Ritter oder Fürstin, fragen sollten, wie man alle Lebewesen glücklich machen könne. Doch niemand wusste Rat. Also bat der Strahlenkönig seine Braut, die Bedingung einzuschränken. „Gut", meinte Merisana, „versuch es für ein Jahr." „Unmöglich", jammerten die Räte, „völlig unmöglich."

„Gut", seufzte Merisana, „einen Tag!" „Niemals", stöhnten die Räte, „nicht einmal einen Tag!" Merisana wurde sehr traurig, aber schließlich gab sie nach und begnügte sich mit der Mittagsstunde, die schon immer ihre Lieblingszeit gewesen war. In der Mittagsstunde wollen wir uns trauen lassen, dachte sie und da sollen alle glücklich sein, die Menschen und die Tiere, die Gräser und die Blumen, meine Bäche und Quellen, die tanzende Luft und die Steine. Alle.

Der Strahlenkönig ging und verkündete es der ganzen Schöpfung. Alle erhielten Kunde, dass um die Mittagszeit während der Hochzeit jeglicher Schmerz aufgehoben und kein Unbehagen möglich sei. Alle freuten sich und priesen die gütige Merisana. Ihre Lieblinge, die Pflanzen , beschlossen, ihr die herrlichsten Blumen für den Hochzeitskranz bereit zu halten. Und die Hochzeitsgäste brachten so viele Kränze und Sträuße, dass schier kein Platz mehr da war. Doch die zauberkundigen Zwerge vom Berge Aurora meinten, man könne aus all den Blumen einen Baum machen. Sie gingen sofort ans Werk und schufen die Lärche. Es zeigte sich aber, dass der Baum nicht lebensfähig war und zu welken begann. Da opferte Merisana ihren Brautschleier, der aus einem feinen, goldgrünen Gewebe bestand. Sie umhüllte den Baum damit und sofort begann die Lärche, sich zu verwurzeln und zu sprießen.

Und in ihrem sanften Schatten, der nicht hell und nicht dunkel ist, erfolgte die Trauung. Es war ein Glanz in den Lüften, wie man ihn nie gesehen hatte und eine Seligkeit über Berg und Tal. Der Himmel stand so blau und still, wie noch nie und der Frieden der Mittagszeit war feierlich erfüllt.

Doch einer war nicht eingeladen worden, Spina del Mul, der finstere Zauberer aus dem Wald Amarida. Er hasste Mensch und Tier und sann immer auf Bosheit, um allen Geschöpfen zu schaden.

Die Essenz aus den Blüten der Lärche wird in der Bachblütentherapie unter dem Namen „Larch“ denen gegeben, die immer Fehlschläge erwarten und zu wenig Vertrauen in ihren eigenen Erfolg haben. Der sanfte Schatten der Lärche hilft, Frieden mit sich selbst zu schließen und Selbstvertrauen zu entwickeln.

Als die Hochzeitsgäste und auch Merisana müde vom Tanzen und Schmausen waren, legte sie ihren Brautkranz ab, um ein Schläfchen zu machen. Die Sonne begann schon in die Dämmerung zu gehen und der Kranz, dessen Blumen ganz zu Gold geworden waren, lag unbeachtet auf einem Stein. Spina del Mul, der selber Merisana gern zur Braut gehabt hätte, verwandelte sich in eine Elster, packte den goldenen Kranz und verschwand mit ihm in den dunklen Wald Amarida. Keiner wagte es, in den Zauberwald zu gehen, um den Kranz zu suchen und niemand hat ihn je gefunden.

Und daher gibt es auch heute noch keinen Frieden auf der Welt. Nur die Stunde der Merisana, die kann man noch finden, wenn man im lichten Schatten einer Lärche um die Mittagszeit Rast macht.

Die Kamelie

In den Zeiten, als man hierzulande glaubte, die Heilslehre des Christentums über die ganze Welt verbreiten zu müssen, wurde einmal ein Mönch nach Japan geschickt. Die Japaner, dachte man, seien Menschen ohne Glauben und sie sollten bekehrt werden zu dem, was man als den einzig wahren Glauben wähnte. Der Mönch, der ausgesucht war, nach Japan zu gehen, war ein Mann von äußerst frommen Lebenswandel. Er hatte geschworen, allen weltlichen Genüssen zu entsagen und hatte oft gehungert und gedarbt. Als er nach Japan geschickt wurde, war er darauf vorbereitet, dass man ihm nicht wohlgesonnen sein würde und er sich selbst versorgen werden müsse. Er erbaute eine Hütte im Wald und seine Nahrung bestand aus Wurzeln und Heuschrecken, die er für den Vorrat trocknete. Besonders reiche Ausbeute an Heuschrecken bescherte ihm ein Baum, in dem ganze Schwärme zirpten.

An einem heißen Abend verweilte der Mönch lange in einem Dorf, wo er den Bauern den Sinn der Bergpredigt nahe zu bringen versuchte. Es war schon fast Mitternacht, als er zu seinem freigiebigen Baum kam. Über dem Wald leuchtete der Vollmond und der Wald schien wie von einem Zauber umfangen. Als der Mönch vor seinem Baum dem Herrgott für dessen Hilfe dankte, hörte er aus der Baumkrone plötzlich ein Kichern. „Hi, hi, hi", lachte mit süßer Stimme ein weibliches Wesen. Der Teufel schickt mir eine Versucherin, durchfuhr es den frommen Mann und er bekreuzigte sich, um den Teufel zu vertreiben. Doch das weibliche Wesen im Baum lachte darüber noch mehr und kam näher. So konnte der Mönch nun das rätselhafte Wesen betrachten. Die grünverschleierte Gestalt schien mit dem Laub verschmolzen zu sein und nur der rote Haarschopf, der an eine Blüte erinnerte, leuchtete im Mondlicht. „Wer bist du?", fragte der Mönch. „Ich bin eine Deva", war die Antwort. „Bist du ein Weib?" „Ich bin die Seele dieses Baumes", antwortete das Wesen, „und ich komme, dir zu danken, weil du meinen Baum vor den Heuschrecken rettest." Und die Baumseele schwang

Berühmt wurde diese Pflanze durch Alexander Dumas und sein Buch „Die Kameliendame". Nicht jeder mag wissen, dass es diese Dame wirklich gab. Sie hieß Alphonsine Plessis und kam als fünfzehnjähriges Mädchen nach Paris, um Schneiderin zu werden. Sie wurde eine der beliebtesten Damen von Paris und berühmt, weil sie immer weiße Kamelien trug. Sie starb mit zweiundzwanzig Jahren, aber Dumas, der sie auch geliebt hatte, machte sie mit seinem Roman unsterblich. Die Kamelie gilt als schwierig zu kultivierende Pflanze, Sonne mag sie überhaupt nicht. In der chinesischen Medizin gilt sie als blutstillend.

sich in die Arme des Mönchs und küsste ihn auf den Mund. Dieser stieß sie in seiner Verwirrung nicht zurück, sondern erwiderte den Kuss. „Ich muss zurück zu dem Baum, sonst welkt er", mit diesen Worten entzog sich das Baummädchen und huschte in die Baumkrone.

Tief bestürzt dachte der Mönch nach, ob er das Keuschheitsgelübde seines Ordens gebrochen hätte. Aber das Wesen war doch keine Frau, sondern eine Seele, also waren ihre Küsse keine Fleischeslust. Und der Augenblick war der schönste in seinem Leben gewesen. Also ging er ohne schlechtes Gewissen am nächsten Tag wieder zu dem Baum und rief nach der Deva und hatte sich als Ausrede bereits zurechtgelegt, dass er wieder nach Heuschrecken suchen müsse. Eine fand er noch und als Dank für das Fangen bekam er wieder einen Kuss und er genoss ihn wie den ersten. Als alle Heuschrecken gefangen waren, fand der gewitzte Mönch, dass ihm das Baummädchen auch für alle vorher gefangenen Heuschrecken je einen Kuss geben könnte und so verging die Zeit und der Winter nahte. Da sagte die Baumseele, dass sie nun bis zum Frühling mit dem Baum schlafen müsse und der Mönch nicht mehr kommen solle. Das traf ihn schwer, wie sollte er ohne diese Freuden weiterleben? Womöglich würde diese zarte Seele erfrieren im Baum! Also ergriff er das schöne Wesen, barg es unter seiner Kutte und brachte es in seine Hütte. „Was hast du getan? Jetzt wird mein Baum verdorren!", rief die Baumseele erschrocken. „Es gibt doch noch genug Bäume im Wald", versuchte der Mönch zu trösten. „Aber du verstehst nicht, wenn mein Baum stirbt, muss auch ich sterben", weinte die Deva. Dummer Aberglaube, dachte der Mönch. Doch als der Frühling nahte und die Bäume austrieben, begann die Baumseele dahinzuwelken. Der Mönch brachte sie zurück zum Baum, aber dieser war tot und auch die Seele erlosch und nur für kurze Zeit leuchtete ihr rotes Blütenhaar noch auf. „Schau, in diesem Zweig ist noch ein bisschen Leben", hörte der Mönch ein letztes Wispern, „brich ihn und pflanz ihn ein!" Und aus diesem letzten Reis wuchs mit der Zeit ein Strauch mit üppigen, roten Blüten. Als der Mönch viele Jahre später nach Europa heimkehrte, brachte er als einzige Habe einen Topf mit dem Strauch mit sich. Alle bewunderten diese Pflanze und gaben ihr den Namen Kamelie, weil der Mönch Camellius hieß.

Das Märchen von den Getreideähren

In ganz fernen Zeiten gab es auf der Erde kein Elend und keine Not. Keine Mutter musste sich darum sorgen, was sie ihren hungrigen Kindern zu essen geben konnte. Alle Menschen hatten genug von all dem, was sie brauchten. In den Wäldern gab es genug Wild und das Getreide sah ganz anders aus als heute, denn die Ähren wuchsen nicht nur an der Spitze, sondern umgaben die Halme schon vom Boden an.

Den Menschen war aber diese Güte des Himmels nicht bewusst. Statt dankbar zu sein, lebten sie in Saus und Braus dahin, faulenzten und taten nur das Nötigste, denn die gute Erde ernährte sie ja alle.

Da kam eines Tages der Heiland mit Maria, seiner Mutter, des Weges in so ein gottloses Dorf. Als sie das Dorf erreicht hatten, läuteten die Glocken der Kirche zur Messe, aber das Gotteshaus war fast leer. Nur wenige alte Leute beteten andächtig. Jesus verließ mit seiner Mutter die Kirche und sie gingen über die Felder und Wiesen und sahen überall die große Fruchtbarkeit der Natur. Das Korn stand hoch und breit. Aus den Schornsteinen der Bauernhäuser stieg der Rauch, denn es war Zeit zum Mittagessen. Am Anger spielten Kinder, sie hatten dicke Wangen und man sah, dass sie genug zu essen bekamen. Auch die jungen Leute, die auf der Strasse standen und scherzten und lachten, waren alle wohlgenährt. Aber niemandem fiel es ein, die Wanderer zu fragen, woher sie kämen oder gar, ob sie Hunger hätten.

Der Heiland und seine Mutter kamen zu einem stattlichen Hof, wo der Bauer im Tor stand. Er war dick und zufrieden und beachtete die Wanderer erst, als sie ihn grüßten: „Gelobt sei - „,aber der Bauer ließ den Heiland gar nicht ausreden und lachte höhnisch: „Wer soll gelobt sein? Doch nur mein Bauch. Schaut, wie schön und rund er ist, ihr Hungerleider.“ Jesus schwieg und er verließ mit seiner Mutter still das Dorf. Nach einer Weile machten sie auf dem Feld halt. Mit düsterem Blick ergriff der Heiland einen Getreidehalm unten am Boden, fuhr mit seinen Fingern hinauf und streute die vielen Körner umher. „Was tust du, mein Sohn?“, fragte Maria. „Es geht ihnen zu gut“, sagte Jesus, „sie haben keine Not und darum vergessen sie Gott ganz und gar.“ Während er diese Worte sprach, hielt er die Spitze des Getreidehalmes in der Hand, an der nur noch ganz wenige Körner waren. Da hielt ihn Mutter Maria auf und sprach: „Mein Sohn, hast du nicht den Zöllnern und Sündern vergeben? Verzeih doch auch diesen Menschen hier. Sie sind zwar deiner Gnade nicht wert, aber denk doch an ihre Kinder.“

Da nahm der Heiland seine Hand von der Ähre und sein Antlitz wurde wieder mild.

Seit dieser Zeit wachsen die Ähren beim Getreide nur mehr an der Spitze und die Menschen müssen oft Hunger leiden, weil sie einst, als sie im Überfluss leben durften, gottlos und übermütig waren.

Getreide und Produkte aus ihm sollten auch heute noch die Basis unserer Nahrung darstellen.

Die Maismutter

Kurz nachdem die Welt erschaffen war, ging es den Kindern des Großen Geistes sehr schlecht und sie fanden nur mühsam Nahrung. Da begab es sich, dass eine alte Frau mit weißen Haaren in einem Lager erschien, aber die Männer und Frauen sagten nur: „Scher dich weg! Hier ist kein Platz für dich!“ Am nächsten Tag versuchte es die Alte in einem anderen Lager, am übernächsten wieder in einem anderen - bis sie zu den Reisighütten des Alligator-Clans kam, dessen Mitglieder sehr arm waren. Als die Frauen die Alte erblickten, sagten sie: „Komm her, Alte! Hier bei uns ist Platz genug und etwas zu essen wird sich auch noch finden lassen. Du musst einen langen Weg hinter dir haben und sehr hungrig sein!“ Die alte Frau nahm dankend an, und nachdem sie gegessen hatte, legte sie sich neben das Feuer, um zu schlafen.

Am nächsten Morgen verließen die Männer das Lager, um im Wald Hirsche zu jagen und die Frauen machten sich wie gewöhnlich auf die Suche nach Wurzeln und Beeren. Als sie aber abends nach Hause zurückkehrten, hatten die Kinder schon gegessen und sie berichteten von einer köstlichen Speise, die ihnen die Alte verabreicht hätte. Von nun an versuchten die Alligator-Männer und die Frauen, hinter das Geheimnis der seltenen Speise zu kommen, aber alles Forschen war vergeblich. Und als die alte Frau das Lager nach einigen Wochen verließ, hatten die Bewohner des Dorfes schon alles bald vergessen.

Nur ein junger Knabe dachte immerzu an die wohlschmeckende Speise, und als er zum Krieger geworden war, machte er sich auf die Suche nach der alten Frau, die in Wirklichkeit die Maismutter selbst und in dieser armseligen Gestalt auf die Erde gekommen war. Viele Wochen zogen ins Land und alle Suche schien vergeblich, doch eines Abends stand die Alte plötzlich vor dem Krieger: „Ich kann nicht bei dir bleiben“, sagte sie, „doch wenn du meinen Rat befolgst und tust, was ich dir auftrage, wirst du mich nie mehr vermissen!“ Daraufhin führte sie ihn zu einer großen Wiese am

Fluss und befahl: „Brenne das Gras ab!“ Der junge Krieger tat, wie ihm geheißen wurde und schon bald brannte es lichterloh. Als nur noch Asche übriggeblieben war, sagte die Alte: „Nimm mich bei den Haaren und schleife mich kreuz und quer über die verbrannte Erde! Überall dort, wo du mich schleifst, wird neues Gras aus dem Boden sprießen, aber zwischen den Blättern wird mein weißes Haar hervorschauen. Wenn das der Fall ist, dann sind die Samen dieses Grases reif. Das ist das Geheimnis der Speise, derentwegen du so weit gewandert bist.“

Der Krieger machte sich sofort an die Arbeit und als er die Alte über die ganze Lichtung geschleift hatte, war die Frau aus seinen Händen verschwunden. Überall aber wuchs ein seltsames Gras, das ihm bis zum Kopf reichte und zwischen den Blättern sah er das weiße Haar der alten Frau. Und da der Maiskolben bis zum heutigen Tage einen weißen Haarschopf trägt, wissen die Indianer, dass die Maismutter sie nicht vergessen hat.

Polenta nennt man die Speise aus Maisgrieß hierzulande. Als Heilmittel verwendet man die „Haare der alten Frau“, den Maisgriffeltee. Schon die Indianer nutzten ihn gegen Entzündungsprozesse. Der Maistee ist eines der besten Mittel gegen Rheuma und Gicht und hat auch eine regulierende Wirkung auf den Cholesterinspiegel.

Die Sonnenblume

Jeden Abend durften die Töchter der Sonne am Ufer des Meeres ein Bad nehmen, um sich zu erfrischen. Da geschah es, dass eine von ihnen, die jüngste Sonnentochter, vergaß, ihr goldenes Kränzlein, das sie an einem Baum aufgehängt hatte, mitzunehmen. Ohne diesen Kranz durfte sie aber nicht zu ihrer Mutter Sonne zurückkehren. Also bat sie ihre Schwestern, an das Meeresufer zurückzukehren und zu suchen. Aber die Schwestern waren müde und meinten, wenn sie schon so vergesslich sei, sollte sie doch einen Tag auf der Erde verbringen und bis zum nächsten Abend warten, da kämen sie ja wieder. Also kehrte die jüngste Sonnentochter an den Platz zurück und suchte das Kränzlein, aber - oh, weh! - es war nicht mehr da. Doch unter dem Baum, an den sie den Kranz gehängt hatte, stand ein schöner Jüngling, der dem Sonnenkind seine Arme entgegenstreckte. Mit süßen Worten sagte der in Liebe entbrannte, „Bleib bei mir!“, küsste sie zärtlich auf den Mund und bat sie, sein, des Erdensohnes, Weib zu werden. „Wie soll ich auf der Erde heimisch werden? Hier sind die Nächte so kalt und finster. Im Schloss meiner Mutter strahlen diamantene Sternenleuchten. Dort spinnen wir am Tag goldenes Garn und am Abend tauchen wir ins Meer. Was für ein Leben kannst du mir denn hier auf der Erde bieten?“ „Ich biete dir rauschende Bäume und Vogelgesang, grüne Wiesen und Gärten voller Blumen. Ich biete dir Tage, reich an Arbeit, und Nächte, in denen dich meine Hände wärmen werden“, erwiderte der Erdensohn. Und er führte die Sonnentochter an den Fluss, wo die Traubenkirschen blühten und süß dufteten und wo die Vögel lieblich sangen. „Willst du bei mir bleiben und lernen, was Liebe ist?“ „Meine Liebe bist du und ich will bei dir bleiben“, gelobte da die Tochter der Sonne und der Erdensohn führte sie in eine Kammer, wo ihr goldenes Kränzlein hing.

Vergeblich rief die Sonne am nächsten Morgen ihr Nesthäkchen. Die eigensinnige Sonnentochter erzählte, wie schön es auf der Erde sei und wie sehr sie der Erdensohn liebe. „Ich will dir nicht verbieten, zu heiraten.

Aber du musst wissen, dass du dann nie mehr zu mir zurück kommen kannst", sprach die Sonne.

Nach der Hochzeit, die schön wie alle Hochzeiten war, sagte Mutter Erde, nun müsse die Schwiegertochter an die Arbeit. Sie solle die Blumen pflegen und die Bienen hüten, denn mehr kann man von einer Sonnentochter nicht verlangen. So stand sie nun von früh bis spät im Garten und ihr Ehemann, der Erdensohn, kam abends mürrisch und müde nach Hause. „Bring mir die Traubenkirschenblüten und lass uns dem Lied der Nachtigall lauschen." „Die Traubenkirschen sind verblüht und die Nachtigall singt nicht ewig." „Ist auch die Liebe vergänglich?", fragte die Sonnentochter. „Ja, auch die Liebe ist vergänglich." „Und was ist ewig auf der Erde?" „Die Arbeit", sagte der Erdensohn und machte sich wieder auf den Weg.

Da befiel die Sonnentochter großes Heimweh und sie flehte die Mutter an: „Liebe Sonnenmutter, lass mich doch zurückkehren in meine Heimat. Nimm mich zurück." „Du warst zu lange fort, meine Tochter, deine Füße sind schon in der Erde verwurzelt. Ich kann dir nicht mehr helfen", sprach die Sonne und überzog ihr Gesicht mit grauen Wolken. Ein paar Kristallperlen fielen auf die Erde- die Tränen der Mutter. Und so sehr die Sonnentochter versuchte, ihre Füße zu bewegen, die Erde hielt sie fest. So blieb das Sonnenkind auf der Erde und verwandelte sich in eine Blume. Vor lauter Heimweh schaut sie immer zur Sonne hin und wir Menschen nennen sie Sonnenblume.

Die Blüten der Sonnentochter sind ein ausgezeichnetes Mittel für die Folgen von zuviel Hitze. Sie helfen bei der Bekämpfung von Fieber verschiedenster Ursache. Am wirkungsvollsten ist eine Tinktur aus den frischen Blütenblättern.

Die Seerose

In jenem Frühjahr rüstete das ganze Dorf zur Hochzeit. Jakob, der stattlichste und lustigste Bursche und Rose, das schönste und sittsamste Mädchen, wollten den Bund für das Leben schließen. Aber dazumal trieb noch der Teufel sein Unwesen auf der Welt und zwei liebende Herzen zu entzweien, das war für ihn mehr als verlockend.

Eines Abends saß Jakob am See und wartete auf Rose, die vom andern Ufer mit dem Boot herüber rudern sollte. Voller Sehnsucht nach ihr war Jakob schon früher gekommen und er saß da und träumte von seinem Glück. Da trat auf leisen Sohlen ein dunkel gekleideter Mann zu ihm und setzte sich neben ihm ins Gras. Der Fremde fing ein Gespräch mit Jakob an und dieser erzählte ihm voll Freude über seine bevorstehende Hochzeit. Na, da müsse er doch einen fröhlichen Abend veranstalten und einen Abschied vom Junggesellendasein feiern, meinte der dunkle Mann und zog eine Flasche aus dem Wams. „Das ist die beste Medizin zum Abschiednehmen, nur ein paar Schluck und dir wird leicht und froh ums Herz“, pries er sein Getränk.

Wo blieb denn Rose an diesem Abend so lang? Jakob nahm die Medizin dankbar an und wahrhaftig, sie wirkte Wunder. Ach, was machte es schon, dass Rose auf sich warten ließ! Frauen haben ja immer so viel in Haus und Hof zu tun. „Nimm noch einen Schluck“, lockte der Fremde und Jakob tat einen kräftigen Zug. Was für eine Prachtmedizin! Er fühlte sich so lustig und leicht und als Rose endlich über den See ruderte, hörte sie ihn schon von weitem singen: „Trink, trink, was die Gurgel hält.“ „Hast du Bilsenkraut geschluckt, was ist denn mit dir los?“, fragte Rose besorgt. Der Fremde mit seinem Fröhlichkeitstrunk war verschwunden.

Nach einer Woche, als Jakob beschämt und traurig von einem Besuch bei Rose und seiner künftigen Schwiegermutter heimkehrte, wo er wegen seines Rausches tüchtig abgekanzelt worden war, tauchte plötzlich der Fremde wieder auf. Ach, wozu sich grämen, Schwiegermütter seien doch

Die Seerose wurde früher als Mittel zur Dämpfung der geschlechtlichen Lust verwendet. Sie galt als „Blume der Keuschheit“ und half, Mönchen und Nonnen, die „teuflischen Gelüste“ zu unterdrücken. Wenn man die Blüten aber in Vollmondnächten pflückt, dann sollen sie als Liebeszauber wirken. Doch Vorsicht beim Pflücken, denn die Wassernixen könnten einen in die Tiefe ziehen.

alle Teufelsmütter und die Medizin helfe auch dagegen, meinte der Fremde mitfühlend. Und Jakob trank und je mehr er trank, desto besser schmeckte es ihm. Am nächsten Morgen fanden ihn seine Eltern in der Pferdetränke und bekamen ihn kaum wach.

So ging es weiter - kaum hatte Jakob vermeintlichen Ärger, war der Fremde mit seiner Medizin zur Stelle. Was nützte es, dass Rose ihren Bräutigam beschwor, diesen Doktor mit seiner Medizin zum Teufel zu jagen, wenn er doch keinen Schlaf fand, weil er noch nicht wusste, woher er das Geld für den Hochzeitsschmaus nehmen solle.

Nur noch drei Tage waren es bis zur Hochzeit, da saß Rose am See und wartete vergebens auf ihren Jakob. Sie ging ihn suchen und wo fand sie ihn - in der Tenne mit dem Fremden Karten spielend. Sah denn Jakob nicht, dass dieser mit einem Pferdefuß am Boden scharrte? Sah er nicht den grünen Schein aus den höhnischen Augen des Leibhaftigen?

„Pique ist Trumpf! Gewonnen“, rief der Teufel, „gib den Ring her.“ Und Jakob zog den Ring vom Finger, den ihm seine Braut geschenkt hatte. „Ich setze noch eine Flasche Medizin“, verkündete der Teufel. „Und was hast du noch?“ „Ich besitze nichts mehr, ich hab doch schon alles verspielt, Haus und Habe und nun auch noch meinen Trauring“, stöhnte Jakob.

„Du kannst noch um deine Braut spielen“, grinste der Teufel. „Nein, nein“, rief Jakob verzweifelt, aber nach einem weiteren Schluck Medizin war er bereit: „Gemacht, es gibt noch mehr Mädchen auf der Welt.“ Rose schnürte das Grauen die Kehle zu und sie schrie: „Jakob, du verspielst mich an den Teufel!“ Entsetzt stürzte sie zum See. Sie liebte ihren Jakob zwar, aber wenn diesem die Teufelsmedizin lieber war, dann wollte sie keinen Augenblick länger leben. Sie stieß das Boot vom Ufer ab und mitten im See sprang sie ins Wasser.

Nur langsam begriff Jakob, dass er sein ganzes Glück verspielt hatte. Abend für Abend saß er am See und bereute und wartete, hoffte - worauf? Doch einmal, um die Johanniszeit, sah er in der Bucht eine weiße Blume, die sich auf den Wellen wiegte. Ein altes Lied kam ihm auf die Lippen:

„Weiße Blume blüht im See, das ist meine Liebste, oh weh“.

Seerose - so nennen die Menschen diese weiße Blume.

Die Melone

Vor sehr vielen Jahren, ob hundert oder tausend, weiß man nicht mehr, da herrschte ein redlicher und guter König namens Sherkan in Afghanistan. Er liebte seine Untertanen und war immer bereit, ihnen zu helfen. Diese dankten ihm mit ihrer Treue und Hilfe. Um seinen Untertanen die Möglichkeit zu geben, ihm ihre Wünsche kundzutun, ließ der König einen Balken aufstellen, der vom Zaun des Palastes bis zu seinen Gemächern reichte. Wenn nun ein Bürger einen Wunsch oder ein Problem hatte, brauchte er nur am Balken zu ziehen und im Zimmer des Königs läutete darauf hin eine Glocke. So erfuhr der König, dass ihn jemand zu sprechen wünsche und lud diese Menschen dann ein, ihre Sorgen zu erzählen. Eines Tages läutete die Glocke und der König erblickte eine Löwin, die am Balken rüttelte. Er begriff sofort, dass diese Löwin Kummer hatte, aber wie sollte er erraten, welche Hilfe sie brauchte. Es kam ihm die Idee, alle Handwerker der Stadt zu rufen und sie mit ihrem Werkzeug vor die Löwin zu stellen. Die Löwin schaute alle an und rührte sich nicht. Als schließlich ein Tischler mit einer Säge kam, begann sie mit dem Schwanz zu wedeln, so als ob sie sagen wollte, diesen Mann brauche ich. Der König befahl dem Tischler, mit der Löwin mitzugehen. Dieser hatte zwar Angst, aber er gehorchte seinem König. Die Löwin ließ den Tischler auf ihrem Rücken aufsitzen und lief fort. Als sie bei der Höhle der Löwin angelangt waren, sah der Tischler, dass ein Baum umgefallen war und den Eingang zur Höhle so verstellte, dass die Jungen nicht ein noch aus gehen konnten. Der Tischler verstand, sägte den Baum auseinander und schob die Teile weg vom Eingang der Höhle. Die Löwenjungen freuten sich und sprangen um den Tischler herum. Die Mutter aber leckte ihm aus Dankbarkeit die Hand und brachte ihn auf ihrem Rücken wieder zurück zum Palast. Dort berichtete er dem König, was er getan hatte. Der König freute sich sehr, beschenkte ihn und befreite ihn von den Steuern.

Ein Jahr verging und der König saß mit seinen Fürsten im Palast. Sie tafelten und lauschten den Märchen, als die Glocke läutete. Der König öffnete das Fenster und er sah, dass die Löwin wieder da war und mit ihren Tatzen ein Loch machte, in das sie einige Körner legte. Der König war neugierig, was sie da in die Grube getan hatte und er fand Samenkörner. „Sicher ist das ihr Dank für die Hilfe, die sie vor einem Jahr bekam", dachte der König und gab seinem Gärtner den Auftrag, die Samen auszusäen. Die Pflanzen, die daraus entstanden, machten lange Triebe und schöne Blüten, aus denen etwas zu wachsen begann, das rund wie eine Nuss war, aber bald größer und größer wurde, bis es wie eine Kugel aussah. Der König und sein Gefolge kamen, bewunderten die Frucht und fragten sich, ob diese wohl gut zum Essen sei oder eine Arznei, die Leben bringt oder gar ein Gift, das zum Tode führt. Ein weiser, alter Mann meinte: „Bringt einen Esel und lasst ihn davon essen." Doch der Esel zertrat die Frucht, sodass der Saft ausrann, bevor er sie fraß. Also war man sich noch nicht sicher, ob sie wirklich bekömmlich sei. Der König ließ eine Ziege holen. Diese beschnupperte die Frucht, fraß das ganze Stück genüsslich und es geschah ihr nichts. „Das ist sicher eine gute Frucht", meinten nun alle und der König und sein Gefolge wagten es, sie zu kosten. Sie fanden, dass die Frucht sehr schmackhaft und süß und gar köstlich sei und nannten sie „Kar- Beseh", im Namen des Esels und der Ziege. Von Afghanistan aus wurde diese süße Frucht über die ganze Welt verbreitet und sie bekam den Namen Melone.

Es gibt verschiedene Arten von Melonen: süße Zuckermelonen, Netzmelonen und Wassermelonen. Dank ihres hohen Wassergehaltes sind die Melonen in heißen Ländern sehr beliebt, weil sie kühlend und durststillend wirken.

Der Tabak

An einem Sonntagnachmittag ging ein Bauer in den Wald und fand auf einer Lichtung einen Acker, den er vorher noch nie gesehen hatte. Da war er sehr verwundert, und noch mehr wunderte er sich über eine eigenartige Pflanze, die auf diesem Acker wuchs. Ziemlich hohe, üppige Stauden mit großen, breiten Blättern und grünlichen Trichterblüten waren dies und sie standen da in Reih und Glied. Zwischen den hohen Stauden arbeitete gebückt ein fremder Mann. Der Bauer näherte sich voll Neugier und sprach den Fremden an:" Herr Nachbar, ist es nicht gefährlich im Wald einen Acker zu haben? Das Wild wird doch hier viel Schaden tun!" Der Fremde richtete sich auf und antwortete kurz: „An diese Pflanzen geht kein Tier." „Ja, aber, wenn nicht einmal ein Tier das mag, dann kann diese Pflanze nicht viel taugen", antwortete der Bauer. „Mir taugt' s", erwiderte der Fremde kurz. „Und hat diese Pflanze auch einen Namen?", fragte der Bauer weiter. „Natürlich, aber den könnt Ihr nie wissen." Der Bauer war aber stolz auf sein Wissen und bot dem Fremden eine Wette an, den Namen dieses Krautes herausfinden zu können. „Abgemacht", sagte der Fremde, „wenn Ihr mir in acht Tagen den Namen dieser Pflanzen sagen könnt, gehört Euch der Acker. Wenn nicht, so soll Euch der Teufel holen." Und er lachte so böse dabei, dass der Bauer zu Boden sah und das ließ ihm das Blut erstarren: der Fremde hatte einen Pferdefuß, es war der leibhaftige Teufel selber.

Nun bekam er es mit der Angst zu tun, aber eine Wette mit dem Teufel kann man nicht mehr rückgängig machen.

Also begann der Bauer die Kräuterbücher seiner Großmutter durchzustudieren, die bisher unbenützt im Schrank gestanden waren. Aber dieses Kraut konnte er darin nicht finden. Zum Glück hatte der Bauer eine kluge Frau, die seine Not erkannte und er erzählte ihr von seinem Unglück. „Ach, auch den Teufel kann man überlisten", sagte sie guten Mutes. Und sie ersann eine abenteuerliche List. Als der nächste Sonntag kam, zog sie ihre ältesten Kleider an. Dann schüttete sie ein Fass Teer auf den Boden

Eigentlich stammt der Tabak aus Amerika und wurde dort von den Indianern nur bei rituellen Handlungen geraucht. Nach der Entdeckung der Neuen Welt trat er einen Siegeszug als Genussmittel über den ganzen Erdball an. Welche negativen Gesundheitsfolgen das mit sich bringen kann, ist mittlerweile hinlänglich bekannt. Nikotin wirkt in geringen Dosen anregend auf das Zentralnervensystem. In höheren Dosen führt es zu Gefäßverengungen und -krämpfen.

und wälzte sich darin. Zuletzt schnitt sie ein Federbett auf, dass die Daunenfedern nur so herum flogen und legte sich mit der klebrigen Kleidung da hinein. Nun sah sie aus wie das drolligste Federvieh, das man sich nur vorstellen kann. So ging sie in den Wald auf den Teufelsacker und trippelte zwischen den Stauden hin und her, als ob sie die Blätter abfressen wolle. Bald kam der Teufel und es wurde ihm angst und bange um seine Pflanzen. Er schrie aus Leibeskräften:" Verschwinde sofort aus meinem Tabak, du grauslicher Vogel." Da rannte der Vogel, der ja die Bäuerin war, so schnell wie möglich nach Hause und sagte dem Bauern, wie die Pflanze heiße.

Der Teufel war recht vergnügt, denn er war sich sicher, dass der Bauer nie und nimmer den Namen der Pflanze, die er ja selbst erfunden hatte, herausfinden könne und er so wieder ein Opfer gefunden habe. Doch der Bauer rief schon von weitem: „Na, Teufel, dein Teufelszeug heißt Tabak."

Da stampfte der Teufel pfauchend und fuhr mit schwefeligem Gestank direkt in die Erde. Der Bauer übernahm den Acker und wurde der erste Tabakbauer und lebte noch viele Jahre glücklich und zufrieden mit seiner Bäuerin.

Und wenn er am Sonntag behaglich seine lange, mit Tabak gefüllte Pfeife ansteckte, dann lobte er jedes Mal sein kluges, mutiges Weib. Der Teufel hat sich bei dem Bauern nie wieder blicken lassen, der Tabak aber ist noch immer ein Teufelskraut.

Die Lotosblume

Lotos, die Tochter des Maharadschas, wandelte in einer schönen Sommernacht durch den Garten des väterlichen Palastes. Die Nacht war friedlich und kein Hauch regte das Laub der Bäume, die Blumen standen still und alle Vögel schwiegen. Als Lotos in den Palast zurückgehen wollte, fühlte sie plötzlich, wie der ganze Garten erschauerte. Das Laub der Bäume raschelte, obwohl es windstill war, die Blumen begannen zu duften und die Nachtigallen zu singen. Ein goldenes Licht ergoss sich über den Garten und der Prinzessin dünkte, sie sehe ihn zum ersten Mal. Und plötzlich verstand sie auch den Gesang der Nachtigall: „Komm Ersehnter, schlag eine Brücke über des Ganges Flut, ich reiche dir mein Herz voll stiller Glut." Der Gesang ergriff die Prinzessin, doch wo war das Geschöpf, das ihr Herz so schnell verwandelt hatte? Lotos hob den Blick und sah auf den Mond, den großen, goldroten indischen Vollmond, der eben über den Baumwipfeln emporstieg. Er war es, der die Bäume, die Blumen und die Nachtigall erregt hatte, er war es, der die Prinzessin verzaubert hatte. Wie gebannt blieb Lotos die ganze Nacht auf einer Bank im Garten sitzen und schaute den Mond an und er schaute sie an. Erst gegen Morgen, als der Mond am Horizont versank, kehrte Lotos in ihr Gemach zurück. Sie schlief glücklich ein und träumte vom Mond, dass er ein verwunschener Prinz sei und nur durch die Liebe einer Frau erlöst werden könne.

Abends betrat Lotos wieder den Garten und blickte voll grenzenloser Liebe die ganze Nacht hinauf zum Mond. „Ersehnter, komm schlag eine Brücke über des Ganges Flut, ich reiche dir mein Herz voll stiller Glut", sang die Nachtigall und Lotos sang mit. Dies hörte ein Dienstbote und er rannte sofort zum Radscha und erzählte ihm, dass die Prinzessin mondsüchtig geworden sei. Dieser ließ alle Türen im Palast verschließen, damit Lotos nicht wieder nachts in den Garten gehen könne. Doch die Prinzessin stieg auf den Turm und fühlte sich ihrem Geliebten noch näher.

Als sich der Mond einige Zeit nicht blicken ließ, befiel Lotos große Verzweiflung und sie wurde blass und weinte ständig. Der Radscha ließ seine Ärzte kommen und die gaben ihm den Rat, die Prinzessin so schnell wie möglich zu verheiraten und das traf sich gut, weil der Maharadscha des Nachbarlandes hatte anfragen lassen, ob die Prinzessin nicht Frau seines Sohnes werden könne. „Ach, Vater“, rief Lotos, als sie dies erfuhr, „ich liebe doch nur den Prinzen Mond.“ Der Vater war darüber erbost und damit Lotos den Mond nie mehr sehe, gebot er ihr, einen Hut mit breitem Rand zu tragen und den Kopf nicht zu heben.

Die Hochzeit kam heran und Lotos glitt einem Schatten gleich abends aus dem Palast in den Garten. Sie eilte den vertrauten Weg zum Fluss, um Abschied zu nehmen von ihrer einzigen großen Liebe. Fast hatte sie den Ganges erreicht, da fühlte sie wieder, wie die Bäume und Blumen erschauerten wie in jener Nacht, als der Mond ihr seine Liebe offenbart hatte. Sie wagte nicht, das Gebot des Vaters zu übertreten und den Blick zu heben. Aber sie fühlte mit jeder Faser, dass er hier sei und sie zu sich rufe. Da fiel ihr Blick auf den Fluss und siehe da - mitten im Strom, auf dem friedlichen Wasser, ruhte der Mond, der große rote indische Mond und er hatte bis zum Ufer eine goldene Brücke gebaut. Da vergaß Lotos alles andere und sie eilte zu ihrem Geliebten. Sie merkte nicht, wie die Brücke unter ihren Tritten einbrach und wie sie immer tiefer ins Wasser sank. „Ich komme, gleich bin ich bei dir“, waren die letzten Worte der Prinzessin und sie versank im Strom. Vergebens suchten der Radscha und der Bräutigam nach Lotos. Doch seither wächst im Ganges und auch in vielen anderen Flüssen, in deren Licht sich der Mond spiegelt, eine Blume. Sie blickt zum Mond empor und wird zur Erinnerung an die Prinzessin Lotosblume genannt.

In allen asiatischen Kulturen wird der Lotus als göttliche Pflanze verehrt, als Symbol der Vollkommenheit und Unsterblichkeit. In Indien gilt die Lotusblüte als weiblicher Ursprung des Universums und ist der Liebesgöttin geweiht. In der chinesischen Medizin nutzt man sie gegen männliche Schwächezustände.

Die Pilze

Als Jesus noch auf Erden wandelte, ging er eines Tages mit seinem Jünger Petrus durch ein Dorf. In ihrer einfachen Kleidung sahen sie wie Bettler aus. Sie kamen zu einem Bauernhaus, wo gerade frische Brotfladen gebacken wurden. Die Bäuerin, die ein gutes Herz hatte, gab ihnen einen großen Fladen. Jesus dankte und sie gingen weiter durch einen Wald. Ein schmaler Weg schlängelte sich durch die Bäume hindurch. Jesus ging voran und Petrus folgte ihm langsam. Er hatte nämlich von dem wundervollen Duft des Brotfladens eine unbezwingbare Lust bekommen, davon zu kosten und er hoffte, dass der Herr davon nichts merken würde. Jesus, der das natürlich wusste, ohne sich umdrehen zu müssen, rief ihm zu: „Petrus!“ Mit vollem Mund konnte dieser nicht antworten und damit Jesus seine Nascherei nicht bemerke, spuckte er das Stückchen Brot aus und fragte rasch: „Ja Herr, was wünschest du?“ Jesus antwortete ihm irgendwas und sie gingen weiter. Nach einer Weile brach Petrus erneut ein Stückchen von dem Fladen ab und steckte es in den Mund. Wiederum rief Jesus: „Petrus!“ Der spuckte sofort wieder das Stück Brot aus und sagte: „Du hast mich gerufen, Herr?“ Doch auch diesmal sagte ihm Jesus irgend etwas und sie wanderten den schmalen Waldweg weiter. Als Petrus aber zum dritten mal ein Stück Brot in den Mund steckte, blieb Jesus stehen, drehte sich um und sagte zu ihm: „Petrus, du hast gesündigt. Du dachtest, ich könnte nicht sehen, was du hinter meinem Rücken tust und wolltest mich hintergehen.“ Reumütig fiel Petrus Jesus zu Füßen und bat ihn um Verzeihung. Jesus hob seinen Jünger auf und vergab ihm gütig diese Sünde. Damit aber das gekaute Brot auf dem Erdboden nicht verderbe, ohne jemandem genützt zu haben, verwandelte der Herr die einzelnen Brocken in Pilze, die seither im Wald wachsen und Mensch und Tier Nutzen und Freude bringen.

Carl von Linnè, der Begründer der systematischen Botanik, war noch der Meinung, dass die Pilze ein Mittelding zwischen Pflanzen und Tieren seien. Heute zählt man die Pilze zum Pflanzenreich, auch wenn sie gewisse tierische Eigenschaften wie einen Chitinpanzer und ein Verdauungssystem haben, das ihnen mit Hilfe von Enzymen ermöglicht, Nahrungsstoffe ohne Fotosynthese zu bilden. Doch Achtung beim Sammeln, fast jeder Pilz hat einen giftigen Doppelgänger.

Die Orchidee

Weit, weit von hier, in einem sehr warmen Land lebte ein Stamm, die Nuaraki. Ihre Haut war von der Sonne kupferfarben durchglüht und ihre Haare waren schwarz wie Ebenholz. Die Nuaraki waren ein glücklicher und reicher Stamm, denn sie besaßen einen Vogel, der goldene Eier legte und den sie Orchis nannten. Er legte seine Eier in hohle Bäume und sobald einer voll war, wurde immer ein großes Fest gefeiert. Die Jünglinge schmückten sich mit Papageienfedern und bemalten ihre Gesichter mit Ushuh, der roten Farbe aus dem Samen eines Baumes, und sie tanzten den Siegestanz. Die Töchter des Häuptlings saßen abwechselnd am Baum bei dem Vogelnest, um den Orchis vor den Angriffen des Geiers zu schützen. Die Jünglinge wachten ständig mit vergifteten Pfeilen, um zu verhindern, dass Krieger anderer Stämme sich des Vogels bemächtigten.

Aus den goldenen Eiern fertigten sie Schmuckstücke an und nutzten sie zum Tausch gegen Jaguarhäute mit anderen Stämmen.

Eines Tages kehrten die Männer der Nuaraki sehr aufgeregt von der Jagd zurück. Sie hatten Jäger eines fernen Stammes getroffen und von diesen erfahren, dass am Meeresufer riesige Boote angelegt hätten, denen merkwürdig bleiche Menschen mit kurzen Haaren entstiegen seien. Diese Bleichgesichter seien so auf Gold versessen, dass sie alle Indianer, die goldenen Schmuck trügen, mit unsichtbaren Feuerpfeilen töteten und dann das Gold an sich rissen.

Da es bei den Nuaraki nie Streit gab, weil jeder seine Pflicht kannte, konnten sie auch nicht wissen, dass Menschen Verrat üben können. Hätten sie es gewusst, hätten sie den fremden Mann, den sie verletzt im Wald gefunden hatten, nie aufgenommen. Er erzählte, dass ihm ein Wildschwein das Bein aufgerissen hätte. Die Mädchen des Stammes pflegten ihn wieder gesund. Dieser Fremdling bewunderte den Schmuck der Frauen und fragte, woher dieser gelbe Stein käme. Doch die Frauen gaben ihm nur zur Antwort, dass sie nicht wüssten, woher die Männer diesen

Überall auf der Welt, wo Orchideen wachsen, galten und gelten sie noch als Zauberpflanzen, die vor allem Liebeszauber bewirken. Sie werden auch heute noch in der Volksmedizin als Aphrodisiaka und Fruchtbarkeitsmittel verwendet.

Stein holen würden. Der Fremdling genas und er bemühte sich um die Freundschaft der ältesten Tochter des Häuptlings, ja er bat sie sogar, seine Frau zu werden, weil er bei dem Stamm der Nuaraki bleiben wollte. Die Häuptlingstochter antwortete ihm, dass sie warten müsse, bis ihr Vater zurückkomme. Da sie sich jedoch dachte, dass sie bald die Hütte mit diesem Fremdling teilen werde, erzählte sie ihm auf seine ständigen Fragen, wohin denn ihre Schwestern verschwänden, von dem Vogel Orchis. Sie konnte ja nicht wissen, dass dieser Fremdling sich bei den bleichen Männern für wenig Entgelt verdungen hatte, das Geheimnis des goldenen Schmuckes der Nuaraki herauszufinden. Und er überbrachte den Weißen die Nachricht, dass das Geheimnis gelüftet sei und man nur noch den Baum finden müsse, in dem ein Mädchen sitze. Doch der Wächter des Stammes, der im höchsten Baum saß, hatte beobachtet, dass der Fremdling die bleichen Männer getroffen hatte und er berichtete sofort von der drohenden Gefahr.

„Ich Unglückselige habe ihm das Geheimnis des Vogels offenbart", klagte die Häuptlingstochter und fragte den Schamanen, wie der Goldvogel gerettet werden könne. „Ihr Mädchen, klettert alle geschwind auf die Bäume und setzt euch auf die Äste. Dann werden die Weißen nicht wissen, auf welchem Baum der Orchis sitzt", rief dieser.

Als der Fremdling mit den Bleichgesichtern den Wald betrat, blickte er ratlos um sich, denn er konnte nun nicht wissen, welcher der richtige Baum war. Erbost schossen die weißen Männer auf die Mädchen, doch diese umklammerten fest ihre Bäume und blieben auch noch im Tode an die Stämme geschmiegt. Zu spät kamen die Krieger des Stammes zurück, all ihre schönen Mädchen waren tot. Da hob der Schamane die Arme und sagte: „Euch Mädchen, die ihr so tapfer das Kleinod unseres Stammes verteidigt habt, gebührt die höchste Ehre. Mögen eure Seelen sich in schöne, duftende Blumen verwandeln."

Und ebenso schön, wie die Mädchen der Nuaraki gewesen waren, erblühten an den Baumstämmen Blumen und sie blühen dort noch immer und man nennt sie Orchideen.

Die Lilie

So sehr Lily auch weinte, ihr Verlobter Jacques musste in den Krieg ziehen, in ein fremdes, fernes Land. Beim Abschied nahm er sein Herz aus der Brust, gab es Lily und sagte zu ihr: „Ein Kriegsmann sollte herzlos sein, um gut kämpfen zu können. Nimm du mein Herz und bewahre es gut auf bis ich wieder heimkehre.“

Lily nahm das Herz ganz zart in ihre Hände, gab es in eine silberne Schatulle und wartete getreu auf ihren Liebsten.

Wie langsam doch die Zeit vergeht, wenn man sehnsüchtig wartet! Ein Tag gleicht einem Jahr, ein Jahr einer Ewigkeit. Was immer Lily tat und wohin sie ging, stets wanderte ihr Blick sehnsüchtig zu dem Hügel, hinter dem ihr Jacques verschwunden war. Sie hörte auf, die Jahre zu zählen und erschrak, als ihr Vater eines Tages zu ihr sagte: „Meine liebe Tochter, zehn Jahre sind vergangen, seit dein Bräutigam in den Krieg zog. Wie kannst du da noch hoffen, dass er zurückkehrt? Du solltest dich nach einem anderen Mann umsehen.“ Lily rief: „Aber Vater, wie kannst du nur so reden. Jacques hat mir sein Herz anvertraut. Er muss zurück kommen, denn er kann doch ohne sein Herz nicht leben. Und solange sein Herz bei mir ist, kann ich ihn nicht vergessen.“ Lilys Vater betrachtete mitleidig seine Tochter und seufzte. So gerne hätte er einen Schwiegersohn gehabt, der ihm die schwere Arbeit abnahm, so gerne hätte er Enkelkinder auf seinen Knien geschaukelt.

Lilys Freundinnen meinten, dass Jacques sicher in der Fremde eine andere Frau lieb gewonnen hätte und deswegen nicht zurückkehre. „Oh nein, wie kann mein Jacques eine andere lieb haben, wenn sein Herz bei mir ist. Ohne Herz kann man doch nicht lieben!“, war Lilys Antwort.

Aber wie recht sie hatte! Der herzlose Jacques, der im Krieg gemordet und geplündert hatte, konnte auch nach dessen Ende nicht anders leben. Er war Räuberhauptmann geworden und streifte marodierend mit seiner Bande durch die Lande. Kein Reisender war vor ihnen sicher und sie stahlen und raubten, wo immer sie hinkamen.

Als einer seiner Männer, der alte Pierre, krank und lahm wurde, verstieß ihn Jacques aus der Bande, weil er nun zu nichts mehr nütze sei. Pierre sann aber auf Rache und beschloss, Jacques' Heimat zu suchen und dort allen zu erzählen, welch böser Mann er geworden sei. Lahm und arm, wie er war, brauchte er aber lange, um dort hin zu gelangen. Und siehe da, der erste Mensch, den er traf, als er endlich in das Dorf kam, aus dem Jacques stammte, war eine grauhaarige Frau, es war Lily.

Er fragte sie, ob sie sich an einen Mann namens Jacques erinnern könne. „Großer Gott, wie kannst du fragen? Jacques war und ist die einzige Liebe

Die Lilie war auch hierzulande eine Toten- und Friedhofsblume. Im Volksglauben ist sie der Gruß des Toten an die Zurückbleibenden, der Geist der Verstorbenen selbst soll die Blume auf dem Grab gedeihen lassen. Das erzählt auch ein altes Lied: „Drei Lilien, drei Lilien, die pflanzt' ich auf mein Grab." Die weiße Madonnenlilie wurde aber auch als Heil- und Schönheitsmittel sehr geschätzt. Einreibungen mit Lilienöl, das man ganz einfach herstellt, indem man Lilienblüten in Olivenöl einige Wochen ziehen lässt, sollen bei Problemen wie Hautreizungen, Ekzemen und juckenden Entzündungen helfen.

meines Lebens.“, rief Lily. Pierre, der zwar ein alter Räuber, aber nicht herzlos war, wollte sie darauf hin nicht kränken und verschwieg ihr lieber die schreckliche Wahrheit. Er ließ sie im Glauben, dass Jacques im Krieg gefallen sei und humpelte von dannen.

„Mein Jacques ist tot“, seufzte Lily. „Er liegt in fremder Erde ohne sein Herz. Ich muss sein Grab suchen gehen, damit ich ihm sein liebes Herz zurück geben kann.“ Sie nahm die silberne Schatulle und machte sich auf den weiten Weg. Die Reise war beschwerlich und die Jahre vergingen, bis sie in das Land kam, in das ihr Jacques zum Krieg gezogen war. Man warnte sie, den Weg fort zu setzen, da in diesem Land besonders böse Räuber den Reisenden auflauerten. Lily setzte ihren Weg aber unbeirrt weiter.

Und wirklich, sie wurde überfallen und die Räuber rissen ihr die Schatulle, ihren einzigen Besitz, aus der Hand. Sie flehte und weinte und erzählte von ihrer Liebe und dem Herzen, doch die Räuber rührte das nicht. Sie brachten die Schatulle zu ihrem Hauptmann und erzählten ihm, hämisch lachend, von der verrückten Alten, die das Grab ihres Bräutigams suche, um ihm das Herz zurück zu bringen.

Ahnungsvoll öffnete Jacques, denn kein anderer war der Hauptmann, die Schatulle und erblickte sein Herz. Und siehe da, es sprach zu ihm: „Sei ein letztes Mal ein guter Mensch und tritt Lily nicht unter die Augen. Lass sie lieber an deinen Tod glauben und dich so in guter Erinnerung behalten.“

Jacques befahl seinen Kumpanen, die Schatulle zu Lily zurück zu bringen und ihr den erstbesten Hügel zu zeigen und zu sagen, dass dies das Grab ihres Liebsten sei. Die bösen Räuber führten Lily zwar zu einem Hügel, die Schatulle war ihnen aber zu gute Beute und sie behielten sie.

Arme Lily, da stand sie vor dem vermeintlichen Grab ihres Jacques. So weit war sie gegangen und konnte ihm doch nicht sein Herz zurück bringen. Sie riss ihr eigenes Herz aus der Brust und vergrub es in dem Hügel unter dem Jacques ruhen sollte.

Und aus ihrem Herz spross eine wunderschöne weiße und herrlich duftende Blume, die Lilie - Brautschmuck und Friedhofsblume, Symbol der Treue und Reinheit.

Die Vanille

Tenitztli, der dritte König der Totonakendynastie, hatte mit einer seiner Frauen eine wundervolle Tochter, die Morgenstern geheißen wurde. Weil Morgenstern so betörend schön war, weihten ihre Eltern sie der Göttin der Speisen und der Webkunst. So musste die Schöne im Tempel dienen und durfte keinen Kontakt mit Männern haben. Aber ein junger Edler namens Xocoatl bekam sie zu sehen und er verliebte sich auf der Stelle in sie und begehrte sie. Auch Morgenstern erwiderte die Liebe und so entführte er sie, da die Tempeldienerinnen nicht heiraten durften.

Als die beiden durch das bewaldete Gebirge flohen, erschien plötzlich vor ihnen ein mächtiges Ungeheuer. Es konnte Feuer spucken und ließ einen Ring aus züngelnden Flammen um die Flüchtenden aus der Erde brechen. Dadurch waren sie gefangen und als die erbosten Priester kamen, köpften sie die Liebenden. Ihre Körper wurden in den Tempel geschafft und ihre Herzen der erzürnten Göttin geopfert.

An der Stelle aber, an der man sie geköpft hatte und ihr Blut in den Boden geflossen war, begann das Gras zu vertrocknen, so, als würde es vom Blut der Opfer verzehrt. Einige Monate später begann jedoch ein Busch auf diesem kahlen Flecken zu wachsen und schon nach wenigen Tagen war er zu einem prächtigen Baum mit fleischigen Blättern herangewachsen. Da schlängelte sich eine Liane aus der Erde durch das Geäst des Baumes. Die Liane umfing den Baum, als hätte sie die Arme einer liebenden Frau.

Über dieses Wunder besprachen sich die Priester. Diese Liane, deren Blüten einen bisher ungeahnt köstlichen Duft verströmten, könne nur die unschuldige Seele der geköpften Prinzessin sein. Die Pflanze wurde für heilig erklärt und Vanille genannt. Seit jener Zeit verehrten die Totonaken die Vanillepflanze und verwendeten sie als Medizin und als Gewürz für das Getränk, das aus den Samen des Baumes, den die Liane umschlungen hatte, hergestellt wurde: der xocolatl, der heißen Schokolade.

Der Duft der Vanille wird in der Aromatherapie bei Reizbarkeit, Frustration und anderen nervösen Störungen eingesetzt. Er stimmt freundlich und wirkt stimmungsaufhellend. In Alkohol angesetzt wirkt Vanille als Aphrodisiakum und Gehirnstimulans.

Die Herbstzeitlose

Es war einmal ein wunderschönes Mädchen mit blonden Haaren. Es war aber sehr eitel und verbrachte die meiste Zeit vor dem Spiegel. So war es kein Wunder, dass es immer und überall zu spät und nie zur rechten Zeit kam. Die Mutter nannte daher ihre Tochter „Zeitlos".

Eines Tages, als der Herbst anbrach, sollte im Dorf das letzte Erntedankfest gefeiert werden. Die Mutter, die ja doch recht stolz auf ihr Töchterchen war, nähte ihr dafür ein besonders schönes Kleid aus einem seidig glänzenden Stoff, dessen zart lila Farbe wundervoll leuchtete. Zeitlos war begeistert von diesem Kleid und setzte sich vor den Spiegel, um ihr langes blondes Haar zu kämmen, damit es ebenso leuchte wie das Kleidchen. Immer wieder sah sie in den Spiegel, zupfte das Kleid und die Haare zurecht und konnte nicht fertig werden.

Auf dem Weg zum Fest blieb Zeitlos auf einer Wiese stehen, auf der die letzten Blumen des Jahres blühten. Sie pflückte einige und steckte sie in ihr Haar. Dann kam sie auf ihrem Weg ins Dorf an einem Weiher vorbei, dessen stilles Wasser wie ein Spiegel leuchtete. Sie konnte nicht anders, als stehen zu bleiben und ihr Spiegelbild zu betrachten und weil sie sich so schön fand, konnte sie sich nicht satt sehen daran.

Auf dem Festplatz ist Zeitlos nie angekommen. Als ihre Mutter sie suchen ging, erzählte ihr ein Fischer, dass er am Rand des Weihers eigenartige Blumen ohne Blätter gesehen hätte, mit zart lila Blütenblättern und einem Kranz von goldgelben Staubgefäßen. Als die Mutter diese Blüten sah, rief sie: „So sah meine Zeitlos aus, als sie mit ihrem neuen lila Kleid und ihrem goldblonden Haar zum Fest ging." Und weil diese Blumen seitdem jeden Herbst blühen, nannten sie die Menschen „Herbstzeitlose".

Die Eigenart der Herbstzeitlose, im Herbst nur Blüten zu entwickeln und die Blätter erst im darauffolgenden Frühjahr erscheinen zu lassen, hat dieser Pflanze viele seltsame Namen eingetragen. „Nackerte Jungfer" war dabei noch eine vornehme Bezeichnung. In manchen Dörfern im Osten

Die Herbstzeitlose (Colchicum autumnale) ist sicher nicht zufällig nach Kolchis, der Heimat der großen Zauberin Medea benannt. Sie ist eine tödlich giftige Pflanze, deren Hauptwirkstoff ein Zellgift ist. Erst nach längerer Zeit treten die Vergiftungserscheinungen auf und sind dann oft nicht mehr rückgängig zu machen. In der Homöopathie dagegen ist „Colchicum" ein schnell wirkendes Mittel gegen Gichtschmerzen.

Österreichs wurde sie viel deftiger bezeichnet, weil man nur einem „ehrlosen, gefallenen“ Mädchen einen Blumenstrauß ohne Blattgrün angeboten hätte. Und so gibt es auch viele Geschichten, warum die Herbstzeitlose kein grünes Blattröckchen trägt.

Als vor ewigen Zeiten die Blumenengel über die Lande gingen und den Pflanzen Namen gaben und die besten Plätze zuwiesen, vernahm diese Kunde auch eine Blüte, die wie ein violetter Kelch im Kreis ihrer grünen Blätter in der Nähe des Schwarzen Meeres wuchs. „Ich sollte den Blumenengel suchen gehen und mit ihm sprechen, ob es einen besseren Platz für mich gäbe“, beschloss die Blüte und da sie es so eilig hatte, schlüpfte sie aus dem grünen Blattröckchen heraus, weil sie so schneller laufen konnte. Der Blumenengel war gerade in unseren Landen unterwegs und sagte der violetten Blüte, dass sie hier willkommen sei. „Oh, es ist interessant hier und so viele Blumenschwestern haben mich begrüßt. Aber kühl ist es in diesem Land, ich hätte mein grünes Blattröckchen mitnehmen sollen.“ Und die violette Blüte hoffte, dass ihr die grünen Blätter noch nachwachsen würden.

Aber es war schon zu spät im Jahr und die Blumenschwestern sagten ihr, dass sie sich in der Erde verkriechen solle, weil sie sonst erfrieren würde. Sie kannte von ihrer Heimat aber nur heiße Zeiten und Regenzeit, sie konnte sich kalte Zeiten nicht vorstellen. Und so blieb sie trotzig stehen und blühte noch, als all die anderen Blumenschwestern schon tief in der Erde sich zum Winterschlaf zurückgezogen hatten. Sie aber wartete noch immer auf ihr grünes Röckchen. Allmählich wurde es immer kälter und ihre Wangen wurden immer bleicher. Da kam der Blumenengel zu seinem letzten Kontrollgang über die Erde vorbei und sah die blasse lila Blüte. „Ach, du Arme, blühst, wo alle anderen schon schlafen. Bist eine recht zeitlose Blume! Ich kann dir erst im Frühjahr ein Blattröckchen wachsen lassen. Aber von nun an wirst du immer im Herbst blühen, als letzte deiner Blumenschwestern. Das soll dich aber nicht kränken, denn in deiner Heimat warst du eine von vielen, hier bist du der einzige und letzte Schmuck unserer Wiesen, du unsere Herbstzeitlose.“

Der Eichenbaum

Ein listiges Bäuerlein wagte es einst, mit dem Teufel eine Wette einzugehen. Dieser wettet ja bekanntlich gern, in der Hoffnung, eine Seele zu gewinnen und bei dieser Wette war der Teufel sehr siegesgewiss - wenn alles Laub von den Bäumen gefallen sei, dann dürfe der Teufel die Seele des Bäuerlein holen.

Der Tee aus Eichenrinde und -blättern macht auch Haut und Schleimhäute zäh. Die Gerbstoffe der Eiche wirken zusammenziehend und so hilft der Tee bei Frostbeulen, aber auch bei Schweißfüßen, Hämorrhoiden und allen nässenden Hauterkrankungen.

Üblicherweise hat der Teufel kein Auge für Blumen und Bäume und überhaupt alles Schöne. Doch in diesem Jahr hielt er fleißig Ausschau nach den Bäumen und ihren Blättern.

Als die Ahornblätter golden wurden und dann zur Erde wirbelten, begann er sich zu freuen. Die Blätter der Pappeln und Birken folgten und dann die schönen roten des Kirschbaumes. Auch die Weiden und Ulmen wurden kahl und schließlich sogar die Buchen.

In einer stürmischen Novembernacht erschien der Teufel bei dem Bauern und verlangte nun seine Seele. „Aber, aber, Gevatter Teufel, siehst du schlecht? Die Erlen am Bach , die haben doch noch grüne Blätter.“ Der Teufel schnaubte und zog zornig wieder von dannen.

Die Nachtfröste wurden immer stärker und als die ersten Schneeflocken fielen, mussten auch die Erlenblätter nachgeben. Weit und breit konnte der Teufel kein Laub mehr auf den Bäumen sehen und so kam er wieder zum Bauern, um dessen Seele zu fordern. „Aber, aber, Herr Teufel, du siehst noch immer schlecht. Hast du nicht die Eichen am Waldesrand gesehen? Ihre Blätter sind zwar dürr, aber sie hängen immer noch an den Ästen. Wenn diese Eichenbäume kahl sind, dann kannst du mich holen kommen.“

Der Teufel fluchte und ließ einen schwefligen Wind fahren, aber er musste wieder unverrichteter Dinge abziehen.

Das verflixte Eichenlaub gab nicht nach. Kein Sturm vermochte es abzuschütteln und auch dem stärksten Schneefall widerstand es. Es hing, dürr und zäh, noch immer am Baum, als im Frühjahr bei den Sträuchern die ersten grünen Knospen sprossen. Und die letzten Eichenblätter fielen erst, als die frischen jungen Platz zum Wachsen forderten.

Der Teufel hatte also die Wette eindeutig verloren. Vor lauter Wut aber griff der Teufel mit seiner Kralle immer nach den Blättern, wenn er bei einer Eiche vorbeikam und seither haben sie einen merkwürdigen Rand, als ob jemand mit scharfen Fingernägeln kleine Stücke ausgerissen habe.

Die Mistel

In der anthroposophischen Medizin wird die Mistel zur Tumorbehandlung eingesetzt. Von der Signaturlehre ausgehend meint sie, dass eine Pflanze, die so außerhalb jeder Regelmäßigkeit steht, die im Winter blüht und fruchtet, die parasitär in Bäumen lebt, die keinen Geotropismus hat, das heißt, sie wächst nicht vom Boden nach oben, sondern hängt kugelförmig in den Bäumen, eine solche Pflanze sollte bei Erkrankungen helfen, wo das Zellgeschehen außer Norm geraten ist wie beispielsweise beim Krebs. Dieser antitumorale Effekt der Mistel konnte mittlerweile auch wissenschaftlich nachgewiesen werden.

Längst vergessen sind die Zeiten, als die nordischen Götter in unseren Landen wandelten. Odin, der Allvater, war Gott der Weisheit und Dichtkunst, aber auch des Krieges. Seine Gemahlin war Frigga, die Göttermutter, die alle Menschenschicksale kannte und Göttin der Ehe und Liebe war. Sie hatten drei Söhne: den lichten Baldur, den blinden Hödur und den Skaldengott Bragi. Baldur war der schönste unter den Göttern und so licht, dass strahlender Glanz von ihm ausging. Odins Sohn war so vor-

trefflich und gerecht, dass alle ihn nur loben konnten. Sein Sinn stand stets nach Harmonie und er war niemandes Feind.

Doch Loki, der listige und tückische Gott, der zwar äußerlich schön anzusehen war, dessen Wesen aber durch und durch böse war, trachtete ihm nach dem Leben. Durch einen Traum wurde Baldur der Gefahr gewahr, in der er schwebte und er berichtete seiner Mutter Frigga davon. Daraufhin suchte diese alle Wesen der Erde auf, um das Unglück abzuwenden. Sie nahm dem Wasser und dem Feuer, den Steinen und den Pflanzen, den Giften und den Krankheiten, den Schlangen und Vögeln das Versprechen ab, ihrem Sohn kein Leid zuzufügen.

Die Zeit verging und Baldur erfreute sich seiner Jugend und vergaß den Traum. Da er unverwundbar war, machten es sich die Götter zum Zeitvertreib, Pfeile nach ihm zu schießen. Loki aber wünschte sich nach wie vor Baldurs Tod. Eines Tages verkleidete er sich als alte Frau und begab sich zu Frigga, um sie zu fragen, ob denn wirklich alle jenes Versprechen abgegeben hätten. Da vertraute ihm Frigga an, dass ein kleiner Busch, die Mistel, die nahe der Wohnstätte der Götter wächst, im Laub eines Baumes verborgen gewesen sei und sie die Pflanze übersehen habe. Da diese aber so klein sei, glaube sie nicht, dass sie Unheil bringen könne.

Loki eilte sofort davon, die Mistel zu suchen und machte einen Pfeil aus einem ihrer Zweige. Bei dem nächsten Fest der Götter überredete er den blinden Hödur, mit diesem Pfeil auf seinen Bruder Baldur zu schießen. Die scharfe Pfeilspitze durchbohrte Baldur und er fiel leblos zu Boden. Die Götter waren entsetzt vor Schrecken und Trauer. Baldur musste den Weg zu Hel, der Herrscherin des Totenreiches antreten.

Die Mistel aber wurde von da an in Friggas Obhut gegeben und sie verbat ihr, jemals wieder die Erde, das Reich des bösen Loki, zu berühren. So kommt es, dass die Mistel auf den Höhen der Baumkronen wächst und wenn man sie ernten will, muss man ebenfalls verhindern, dass sie zu Boden fällt. Weil sie aber Friggas Pflanze ist, können Liebende darauf vertrauen, wenn sie sich unter einem Mistelzweig küssen, dass ihrem Glück nichts Böses widerfahren wird.

Wie die Christrose zu ihrem Namen kam

Zu der Zeit, als das Jesuskind geboren wurde, erschien am Himmel ein leuchtender Komet. Im Morgenland machten sich die drei Könige auf den Weg, um ihre Gaben zu bringen: Gold, Weihrauch und Myrrhe.

Bei uns im Abendland, wo es um diese Zeit bitterkalt ist, sah ein alter, weiser Mann den Kometen am Himmel und auch er wusste, dass dieser die Geburt des Heilands anzeigte. Er war aber arm und konnte daher kein kostbares Geschenk machen. So stand er in seinem Garten und blickte zum Himmel. Lange sann er nach über ein Geschenk für das Christkind. Als er seinen Blick wieder senkte, sah er, dass zu seinen Füßen aus den grünen Pflanzen, die dem Schnee getrotzt hatten, wundervolle mondfarbene, rosenähnliche Blüten aufleuchteten. Das ist ein würdiges Geschenk, dachte der alte Mann. Am nächsten Morgen grub er die schönste Blume aus und pflanzte sie in einen Topf. Da er nicht nur alt, sondern auch von der Gicht geplagt war, konnte er den weiten Weg zum Jesuskind nicht wagen. Er packte daher den Blumentopf seinem Esel auf den Rücken und befahl ihm, die Blume ins Morgenland zu bringen. Der Esel machte sich auf den Weg. Wolken zogen auf und es stürmte und schneite tagelang.

Nächste Seite: *Paracelsus bezeichnete die Christrose (Helleborus niger) als „Elixier zum langen Leben". Hat er damit eher das Leben nach dem Tode gemeint, denn wie heißt es so schön in der Volksmedizin: „3 Tropfen machen rot, 10 Tropfen machen tot." Oder konnte Paracelsus intuitiv erfassen, dass „Helleborus" in homöopathischer Form tatsächlich bei abnehmender Vitalität und schlimmen Schwächezuständen helfen kann.*

Der arme Esel verirrte sich im Schneesturm und lief kreuz und quer, bis er eines Tags wieder vor seinem Stall stand. Die Schneerose in dem Topf war in der Zwischenzeit längst verblüht und hatte ihre Samen auf den Weg gestreut. So kann man jedes Jahr um die Weihnachtszeit sehen, wo der Esel herumgelaufen war, um das Jesuskind zu suchen. Und weil die weiße Blume ein Geschenk für das Christkind sein sollte, nennen sie die Menschen auch heute noch Christrose.